Por Ami...
Mary Turner

EL INJUSTO
AMÉRICA

a mi Pueblo
Que Dios tiventigo
Siempre

ABEL PACHECO

PAGE PUBLISHING, INC.
Conneaut Lake, PA

Primera publicación original de Page Publishing 2020

ISBN 978-1-64334-675-5 (Versión Impresa)
ISBN 978-1-64334-676-2 (Versión electrónica)

Libro impreso en Los Estados Unidos de América

CAPÍTULO
1

LA DOLARIZACIÓN

HOLA, MI NOMBRE ES ABEL Pacheco Castaneda, soy el sexto hijo de doce que mi madre trajo a este mundo. Mi padre don Pablo Castaneda, dedicado al jornal en el campo, mi madre doña Felícita Pacheco, mujer muy trabajadora, sobaba de empacho, era partera, curaba de susto, etc. Pues como dicen en mi país: se rebuscaba. A pesar de eso siempre vivimos en extrema pobreza en el Salvador, allá por los años 1990 nosotros fuimos una familia muy pobre como cualquiera, pero felices, recuerdo a mi hermano Juan José que en ese tiempo se vino para USA huyendo de la guerra civil en que vivíamos, él para navidad nos envió 100 dólares, mi madre lo cambió por colones, que era nuestra moneda e hizo mucho dinero, compró varias cosas como: una hamaca (para cuando venía mi padre cansado de su jornada en el cerro y pudiera descansar), un hacha (para cortar leña), y esa navidad comer pollo, tuvimos dinero para rato, nosotros teníamos poco o tal vez no teníamos nada, pero eso nos alcanzaba para ser felices, aun con esa pobreza.

Mi madre nunca usó zapatos, y mi padre siempre tenía sus botas de hule, era lo único que tenía para sus pies, él no tomaba, no tenía ningún vicio, lo único malo era su cabecita, no sabía pensar cuando tenía dinero, nunca se le ocurrió cosechar su propio cultivo, siempre lo comprábamos, lo que más comprábamos era maíz y frijol; cuando mi padre venía de trabajar y se quitaba las botas, nosotros corríamos todos por el mal olor, le hacíamos bromas; yo no tenía zapatos, acudía a la escuela, participaba activamente en la iglesia católica, hasta fui formado en la doctrina social de la iglesia, después de terminada la guerra, estudiamos: Eclesiología, Marianología, entre otras. Después quería ingresar a la Escuela para la Democracia que tenía el Arzobispado de San Salvador, pero en ese tiempo tuvimos cambio de arzobispo, y suspendió esa escuela. El nuevo arzobispo fue Fernando Saénz La Calle, yo quería seguir estudiando pero por mi edad no podía seguir estudiando en el día, el problema mayor era que solo tenía prueba de haber estudiado el tercer año, ni modo de ir a cuarto grado, o sea con los niños de diez años, yo ya tenía veinte o más, no podía. Lo que más amé de ese estudio fue eso que despertaron en mí, el deseo de saber más, con los amigos del Arzobispado hablaba muy seguido e incluso me fui a vivir donde mi hermano Israel, allá en San Bartolo Ilopango, iba muy seguido al Arzobispado a visitar a mis amigos y profesores, ellos me prometieron ayudarme para poder seguir estudiando y si se pudiera trabajar a la vez.

Gracias a los Estados Unidos, en ese tiempo vimos llegar un fenómeno que cambiaría totalmente nuestras vidas, se le llamó la dolarización de mi pueblo El Salvador (nos obligaron), Rosa Chávez, decía que la dolarización es un banquete al cual los pobres no estábamos invitados, en ese tiempo Monseñor Rosa Chávez estaba temporalmente como arzobispo de San Salvador, muchos no entendíamos lo que él quería decir. La dolarización fue que el colón (nuestra moneda nacional) ya no existiría, ahora nuestra moneda sería el dólar, eso nos trajo una terrible pobreza de la cual vamos a hablar más adelante. Mis amigos del Arzobispado me presentaron a un amigo más, al padre Esteban

Alliet, era el dueño de la librería San Pablo (librería católica), él me prometió ayudarme, me dijo que fuera a buscar la escuela donde yo iba a estudiar, que le trajera una cotización de cuánto se pagaría por año, le comenté a mi hermano Israel lo que estaba pasando, me dijo que muy bien, pero que también debía trabajar, porque nuestros padres necesitaban, que para trabajar había una buena oportunidad en la policía, solo les estaban pidiendo pruebas del noveno grado, esa era la prueba más grande, pagaban bien, me dijo que él ya había iniciado el proceso para conseguirme esa prueba, que si yo podía, que estudiara el bachillerato. Eso me hizo llorar de alegría, sabía que no era fácil el salto que yo quería dar, pero lo que había estudiado antes ya me había enseñado a creer en mí mismo, mi hermano como siempre tan bueno conmigo, me ofreció que podía quedarme en su casa (que él alquilaba) el tiempo que yo quisiera, y que cuando yo pudiera le ayudara con lo que fuera, así fue como empecé a buscar dónde estudiar, uno de mis problemas era que en ese tiempo no había muchas escuelas nocturnas, pero me inscribí en el Instituto Nacional de San Bartolo en la ciudad de Ilopango a estudiar por la noche el primer año de bachillerato, regresé con el padre Esteban, me dio efectivo para pagar el año completo, me dio cien colones (que todavía se miraban algunos) para comprar cuadernos, lápices, etc.; y empecé a estudiar. Debo confesarles que pasaron dos o tres semanas, no entendía nada, pero como no estaba trabajando, me iba para la casa de algunos compañeros o compañeras, empezaba a preguntarles de cómo y por qué, me sentía como la aguja del pajar, o sea muy perdido.

En ese tiempo se vino mi hermana Magdalena con su familia a vivir a una pequeña colonia que se llama La Cima 2 de San Bartolo (alquiló una casa) eran colonias que aún se estaban construyendo, estaban como a una hora caminando a pie de donde vivía mi hermano, como yo no tenía dinero para el autobús me venía caminando e iba seguido a visitarla, ella y sus dos hijos inmediatamente que llegaron empezaron a llevar cosas para vender a los trabajadores, tales como: refrescos en bolsa, cigarros, comida, etc., yo les ayudaba, muy pronto comencé a trabajar allí en la construcción y me fui a vivir con ellos.

Quiero especificar que en ese tiempo no existían las maras, o yo no las conocía.

Yo empecé a trabajar para la construcción de otra colonia que se llamaría: Cumbres de San Bartolo, estaba pegada a la colonia donde vivíamos, al cabo de algunos meses mi hermana tuvo muchos problemas con su esposo y terminaron por separarse. Cuando recibí mis primeros pagos me fui a visitar a mis padres para dejarles algo de dinero, allá me encontré con mis amigos de la infancia quejándose de las circunstancias de la vida, me pidieron que si les conseguía trabajo, con o sin trabajo me los llevé, como mi hermana no quería a nadie en su casa nos fuimos a vivir a una casa abandonada, venían dos amigos conmigo, Pablo y Nelson, no teníamos donde dormir, pero de la construcción trajimos cartones, yo ya conocía a José, quien más adelante sería mi cuñado.

Entonces se puso peor la cosa para mí, entraba a las ocho de la mañana a trabajar, salía a las cinco de la tarde, a las cinco y treinta entrabamos a clases y salíamos de clases a las 9:40 p. m., llegaba a la casa como a las diez, debía llegar a hacer algo de comer, lavar mi ropa, alguna tarea de estudio, etc. Por ratos me quería morir, en ese tiempo para empezar a trabajar hacíamos colas hasta de media hora antes para agarrar nuestras herramientas (pala y pico), para estar listos a las ocho, serían los meses de marzo o abril, hacía un calor que no se imaginan, estaba muy delgado, esa rutina me estaba matando, en ese tiempo fue cuando José por cosas de estudio me llevó a su casa, pude conocer a la mujer más bella que ahora existe, aunque ya a ella la había visto y habíamos hecho amistad, pero la había visto embarazada, allí ya tenía a su hija, ella no me gustaba para mi esposa, y ella pensaba lo mismo de mí, pero seguí visitándolos, un día hablamos ella y yo, le pedí que si se acompañaba conmigo, estuvo de acuerdo, le contó a su madre (mi suegra) y ella le dijo que sí, que ella nos ayudaría en lo que pudiera, decidimos rentar la casa que estaba frente a la de mi suegra, pues sabíamos que nos sería de mucha ayuda, y así fue.

Y ahora quiero contarles de la construcción, unos meses después, les dije que era estudiante, luego me llevaron a trabajar a la bodega, entraría a las 7 a. m.; me traje a mi padre y a mi hermano Tiburcio a trabajar allí, como ya pagaban en dólares, nos pagaban 60 dólares a la quincena, trabajábamos seis días por semana, pero no nos alcanzaba para nada, miraba como aquellos compañeros lloraban al ver su desgracia de no poder darle a sus hijos un poco más, a algunos les ayudamos a hacer camas para que sus hijos durmieran, pues allá donde vivían no tenían camas y dormían en el piso, a veces me pedían prestado, pero estaba igual, me decían que su hijo estaba muy enfermo, que no tenían para llevarlos al hospital, pues allá los hospitales estaban muy lejos, como no tenía dinero y quería ayudarles me robaba una herramienta y se las daba, les decía que fueran a venderla o a empeñarla para que en algo se ayudaran, al cabo de algunos meses el proyecto se acabó y nos quedamos sin trabajo, eso fue como en los años 2000. De nuevo empecé a buscar trabajo, después de un tiempo lo conseguí y empecé a trabajar en otra construcción con una empresa constructora que se llamaba Siman, estaban construyendo Metro Centro 11 Etapa, en el centro de San Salvador, como allí varios me conocían, muy rápido me pusieron en la bodega, allí fue un poco peor, nos pagaban lo mismo, pero gastábamos en transporte y en comida, una vez más miré aquellos hombres muy hombres llorar como niños, pues su sueldo no les alcanzaba, otra vez llegaban conmigo a decirme que sus hijos estaban enfermo, que por favor les prestara dinero, me decían: "Yo te lo pago después", yo no tenía, al ver llorar a aquellos hombres se me partía el corazón en mil pedazos, no encontraba otra forma de ayudarlos que seguir robándole a la compañía para darles a mis amigos, a veces les daba herramientas, a veces les daba gasolina, para que las vendieran y se pudieran ayudar, a veces las esposas llegaban con sus niños a la constructora, venían del hospital con el niño porque no les alcanzaba el dinero para regresar, pasaban a ver si al pobre viejo le habían quedado algunas coritas para ajustar para el pasaje, ellos corrían a la bodega y me decían: "Abel ayúdame", yo siempre trataba de ayudarles e incluso a los que estaban más jodidos les ponía una o dos horas más extras en su pago.

Al contarles estas cosas yo no quiero que me vean como un héroe, porque no lo soy, cualquiera de ustedes que hubiera estado en mi lugar lo hubiera hecho, lo que yo quiero que vean es el daño que se le hizo a mi país con la dolarización, sin importarles nada.

Al cabo del tiempo el proyecto finalizó, una vez más me quedé sin trabajo, otra vez a buscar trabajo, en muy poco tiempo mis amigos me invitaron a trabajar, pero estaba lejos, era en un caserío que se llama "Las Pavas", muy cerca de donde vivían mis padres, a mí me gustó la idea, pues estaría muy cerquita de ellos, me llevaría a mi esposa y a la niña, así lo hice, nos fuimos, desde que llegamos empezamos a ver a aquella gente humilde, pobre, y buena, que nos recibió; cuando llegamos nos dieron la tarea de talar toda una montaña, la compañía para la cual yo trabajaba se llamaba UTE, Unión de Trabajadores Españoles; nosotros, con mi esposa, llegamos y alquilamos una casa para vivir, desde San Salvador íbamos unas quince personas hasta allá, entre choferes, operadores, administradores, chequeros, bodegueros, planilleros, ingenieros, etc. Había mucha gente que nos pedía trabajo, estábamos en un lugar muy lejano, los teléfonos no tenían señal, y una vez más estábamos viendo y sintiendo la extrema pobreza de la gente, empecé a buscar la forma de ayudar a todas esas personas.

Había hogares en que los niños dormían en el piso, pues no tenían ni camas donde dormir, personas muy enfermas, ancianos buscando trabajo, jóvenes implorando por una plaza, bachilleres buscando trabajar en lo que fuere, esposas e hijos abogando por un trabajo para su padre o hermano, y nosotros no podíamos hacer mucho por ellos en ese momento, se acercaban a mi esposa para hacerle amistad, y poder pedirle si por favor podía hablar con su esposo que para le ayudara a su viejo con trabajito, a veces llegaban a la casa a ayudarle a mi esposa con el quehacer, luego se pusieron de acuerdo cuando le tocaba venir a cada una, nos mantenían bien limpia la casa, la ropa, la niña, etc., por unos cuantos dólares que mi esposa les daba, al final del día mi esposa me comentaba lo que había pasado, me ponía muy triste, cuando no les tocaba llegar, de todas maneras llegaban, venían solo a dejarle cosas como algún pollo, o pescado, o calabazas, si ella no estaba le dejaban una nota que más o menos decía así: "Niña kenita, perdóneme, yo vine, soy la Juana, mi papá fue a pescar y le traje pescado, al rato vuelvo", otra señorita le escribía así: "Kenita, vine soy Ana, le traje unos ayotes (calabazas), al ratito vengo, si quiere se los rayo y le hago las pupusas, pero por favor que no se le olvide hablar con su esposo de mi Juancho, del trabajito pues". Cuando mi esposa me enseñaba esos escritos, no me aguantaba y me ponía a llorar junto a ella, y así la historia se intensificaba más, ¡había más pobreza!, la gente llegaba a pedirnos ayuda, nos decían: "Que mi hijo está muy enfermo y no tengo dinero para que el carro me lo lleve al hospital que está muy lejos, ya hablé con el dueño del carro, me dice que aunque sea lo del gas que le dé", yo como siempre les daba gas, a veces ya tenían al niño en el carro, solo esperando el combustible para irse, el detalle era que siempre eran vecinos nuestros o gente que vivía allí cerca.

Como yo era el bodeguero, era quién tenía control de lo que había, incluyendo el gas que usaba la maquinaria, aún recuerdo que una vez me llevé una pulidora para regalársela a un amigo que le decíamos "Pilli", para que la vendiera, así pudiera comprar unos lazos para la cama que hicimos y que pudieran dormir sus hijos; cuando me hicieron chequeo de la bodega ya tenía arreglado todo, a las máquinas cuando echaban gas, les anotaba un galón más, y lo mismo con la herramienta, al cabo de un tiempo pararon la obra por falta de fondos, el proyecto era hacer unas albercas muy grandes para reservar agua del invierno para el verano y poder potabilizarla, era del ANDA (Administración Nacional de Agua), en esos días nos dijeron que el presidente del ANDA se fue a huyendo porque se había robado 30 millones de ese proyecto (Señor Perla).

Regresamos a la capital, llegamos donde mi suegra, a los pocos días alquilamos una casa, como ni mi esposa ni yo teníamos trabajo, ella empezó a cuidar niños como trabajo, cobraba un dólar por niño por día, fue así como una amiga de ella llamada Osiris, me consiguió trabajo donde ella laboraba, era una panadería que se llamaba "Pan Migueleño", me dieron el trabajo de ayudante de panadero, como ella les había dicho que yo era contador, al poco tiempo me pidieron que le ayudara al contador, o sea que ya tenía un sueldo más decente. De esto quiero darles más detalles, porque fue mi último trabajo en El Salvador, en esa posición ganaba 5 dólares por el día, trabajaba 12 horas por día, de lunes a sábado, entraba a las 6 a. m., me daban un descanso de media hora, a las 12 p. m.

Yo ganaba 5 dólares por día, de los cuales:

Yo me gastaba 1 dólar en el autobús.

Yo me gastaba 1 dólar en el desayuno.

Yo me gastaba 1 dólar en el almuerzo.

Yo regresaba a casa con 2 dólares.

Con esos 2 dólares debíamos hacer milagros, debíamos pagar la luz, el agua, la renta, la comida, y mi hija Hellen ya estudiaba, si la niña enfermaba era un gran problema, por momentos me sentía el hombre más infeliz del mundo, cuando mi hija me pedía un juguete no tenía dinero, le inventaba excusas, por ejemplo: me pedía una bicicleta, le decía que no porque se podía a caer y se iba a golpear, ella me decía que no porque su bicicleta iba a tener dos más llantitas atrás, también me pedía una muñequita que cuando le quitaba la pacha (el pepe, la mamila) lloraba, y cuando se lo ponías se sonreía, le decía una y mil mentiras porque no podía comprarle el juguete que me pedía, ella me decía que se iba a comportar más bien de lo que ya se comportaba, Hellen era un pedacito de cielo, era mi pequeña, era la niña de mis ojos, era mi corazón entero, por eso cuando yo estaba solo lloraba, si, lo leíste bien, lloraba, y me reclamaba la maldita suerte que me había tocado, la desgracia en que yo estaba, mi hija era tan buena, ella se acostaba a la hora que se le indicaba sin decir nada, ella se comía toda su comida, cuando tenía poca hambre le decía a su madre que le sirviera poco, la niña le ayudaba con los demás niños que cuidábamos, si la madre le decía: "Dígale el cobrador que no estoy", ella le decía: "Dice mi mamá que no está", te estoy hablando de aquella niña que en ese entonces tenía 5 años.

La historia que te estoy contando es la de un contador, ahora imagina si te contara la historia de aquellas compañeras de trabajo de la panadería que solo ayudaban, lo poco que les pagaban, eran madres solteras, no tenían más apoyo, ¿cuántos hijos tenían?, dos, tres, o más.

Cuando estaba solo me preguntaba cómo explicarle a ese angelito de Dios (Hellen), que mi sueldo no me alcanzaba, me sentía muy desgraciado, llegué a pensar cosas muy feas, como atentar contra mi vida, y en algunas ocasiones había escuchado algo así de otros compañeros de trabajo que atentaron contra su vida por no seguir viendo la extrema pobreza en que tenían a su familia.

Gracias a Dios yo tenía una formación espiritual que había formado en la Iglesia Católica, eso no me permitiría llegar a tales extremos, yo sabía que había una solución, viajar a los Estados Unidos, y se oye muy bonito viajar, pero... ¿cómo, o con qué dinero?

CAPÍTULO
2

EL VIAJE

MI HERMANO MAYOR JUAN JOSÉ se vino a los Estados Unidos como en el año 1990, mi hermano Israel se vino en el año 2003, un año después me vine yo, fue así: sería el mes de marzo, día quince, recuerdo allá en la colonia San Felipe 9, etapa donde empezamos a planear el viaje: Pablo mi hermano, Óscar el excuñado de mi hermano Israel, y yo, Israel que ya estaba en USA era el que nos asesoraba, nos invitó a venir, y nos ayudó en lo que pudo.

Lo que más y mejor debíamos entender era que: no teníamos coyote, no teníamos dinero, no conocíamos a nadie y lo más grave era que mi hermano Israel insistía en que debíamos traernos a su esposa, y debíamos viajar en el tren (la bestia), y su esposa ya no estaba para esos trotes, o sea que ya estaba mayor, pero de alguna manera lo convencimos que no podía viajar así, también no traíamos dinero ni para comer, él nos había contado de las grandes carreras que le habían dado pues, se fue al igual que nosotros, sin dinero, sin conocer, etc., pero aun así estábamos dispuestos a partir, ellos empezaron a despedirse de su familia, Óscar ya había hecho algunos intentos pero no había llegado muy lejos, se venía solo y sin nadie que lo apoyara en USA. Como mi cuñada no se animó, o más bien la desanimamos para que no viniera. Óscar convenció a otro amigo para que viajara con nosotros, Pablo y yo no lo conocíamos pero Israel sí, eran amigos, jugaron fútbol juntos, solo lo conocíamos como el Chiquis o enano, pero Israel no se comprometió a ayudarlo económicamente porque no podían con los cuatro. De mi hermano José ya les he hablado al principio, se vino para acá de igual forma, pero no le gusta hablar de eso; el chiquis dijo que él tenía allá en USA familia y amigos que lo apoyaban económicamente, que eso para él no era problema.

Mi hermano José nos mandó 600 dólares para viajar, cuando estábamos listos fuimos al banco a sacar el dinero, hasta allí todo muy bien, cuando salimos del banco con el dinero bien guardado, ya nos estaban esperando, nos seguían, pero no nos dábamos cuenta, como unas dos cuadras caminamos cuando se aparecieron muchos, nos rodearon, serían como doce a quince hombres hasta que nos quitaron el dinero y se acabó temporalmente nuestro viaje, no supimos quién nos delató, pienso que el chiquis fue, mis hermanos en USA simplemente ya no estaban, no contestaban, estaban ocupados, después de dos semanas se apareció mi hermano Israel, o sea, ya volvió a contestar el teléfono, hablamos y le pedí disculpas, aguanté otra regañada, pero tres días después me dijo: "Te envié 200 dólares, hagan lo que quieran", yo le pedí un favor más: "No le digas a nadie", me dijo que sí, yo tampoco le dije a nadie y me fui yo solo a traer el dinero, todo salió muy bien, los reuní a los cuatro, les dije que ya estábamos listos para partir, que teníamos una hora para ir a nuestras casas a despedirnos y tomar solo lo necesario para el viaje, llegamos a la terminal de Autobuses de Occidente en San Salvador, allí tomamos un autobús con ruta internacional que nos llevó hasta Tecún Human, que es la frontera de Guatemala con México, llegamos e inmediatamente nos arrojamos a cruzar el río en unas llantas de hule muy grandes, nos cobraron quince pesos por cada uno.

Llegamos hasta Ciudad Hidalgo, ya estábamos en territorio mexicano, por miedo nos fuimos a las afueras de la ciudad, y buscando la ruta del tren, serían como las seis o siete de la tarde, ahí hicimos una oración y hablamos un poco acerca de cómo le íbamos a hacer cuando llegara el tren, estuvimos despiertos hasta muy noche, el tren no se aparecía y empezó a darnos sueño, Pablo dijo: "Yo aquí no podré dormir, por mucho que lo intente, así es que quien quiera dormir hágalo, por cualquier cosa yo estaré despierto, o sea, haré guardia por el resto de la noche", hasta ese momento yo no tenía idea que ese tren era la bestia, ni mucho menos los peligros que estábamos a punto de comenzar, como cuando llegamos a ese lugar ya estaba oscuro, hasta el siguiente día nos dimos cuenta del lugar en que estábamos, no era un lugar peligroso, sino que era un lugar muy sucio, había heces por todos lados, pero muy rápido nos fuimos de allí, como a las 10 a. m. salió Óscar a buscar algo de comer, trajo algunas sodas, tortillas, conocí los tacos, ahora sí como dice la canción: "Nos la pasamos a la sombra de aquel árbol por tres días y tres noches", hasta que el cuarto día como a las dos de la tarde se oye el tren, no sé si fue pitar, rugir, balar, o qué sería, pero sí puedo asegurar que era una bestia, nosotros, un grupito de cuatro y yo, creíamos que éramos muchos, después de esa señal se formó una gran fiesta, no sé cómo ni de dónde salió tanta gente que no podía contarlos (los que esperábamos el tren), había de todo color, raza, edad, sexo, etc.

Creo que nunca había visto tanta gente ni tanto alboroto, nosotros ya habíamos ensayado cómo subirnos al tren, pero nos dieron las dos, las tres, las cuatro, las cinco, y las seis, y el bendito tren no se aparecía, aunque periódicamente rugía, digo pitaba; se empezó a oscurecer y empezamos a oír cómo la gente se gritaban unos a otros; como debíamos correr junto al tren para subir y nos podíamos perder porque se oían nombres iguales a los nuestros, fue cuando se me ocurrió que debíamos asignarnos un número, no sé si ellos estuvieron de acuerdo, pero les dije que yo era el número uno, mi hermano Pablo el dos, Óscar el tres, y el Chiquis el cuatro. Efectivamente cuando el tren pasó no se miraba nada (el tren llevaba luces y muy grandes pero solo al frente) y venía muy rápido, Óscar muy al pendiente que mi hermano y yo nos subiéramos, Pablo fue el primero, después lo intenté yo, más no lo logré al primer intento, pero venía otro vagón, Óscar corría junto a mí y esta vez lo logré, Óscar al estar seguro que ya había subido, esperó el siguiente vagón y se subió, pues ellos ya sabían la forma, del cuatro no sabía nada, ese tren iba muy veloz, cuando estuve seguro empecé a gritar: "Dooos, dooos", pues el que más me interesaba era mi hermano, también los demás, pero él sobre todo, mi hermano (dos), luego que me contestó me empecé a sentir mejor, luego grité: "Treees, tres", dos me decía que el tres quizás no se había subido aún, luego allá muy atrás se oyó: "Dooos, unooo", era el tres, el dos contestó: "Tres estamos bien", pero no sabemos del cuatro, el tres contestó: "Él subió primero, que lo llame el dos, él está más cerca", el dos gritó: "Cuatrooo", espera unos segundos y "Cuatrooo", solo el dos escuchó que el cuatro le contestó muy lejos, pero en el tren, dos vuelve a gritar a uno y a tres que ya tiene al cuatro y que él está bien, allí íbamos, como en una hora llegó Óscar donde yo iba, me mostró que se había golpeado el pie, pero que no fue mucho, hacía un frío extremo, toda la noche en aquel tren.

Amaneció, nosotros bien desvelados y aquel tren seguía, el Chiquis llegó donde estaba Pablo, como a las diez nos juntamos de nuevo los cuatro, en ese momento teníamos de todo: teníamos hambre, sed, sueño, frío, etc. Y aquel tren no paraba hasta como a las tres de la tarde, cuando sentimos que empezaba a parar, Óscar se quedó viendo y dijo:

"Prepárense se está deteniendo", puede ser un retén, pero mirábamos personas en la calle de allí del lugar, ellas les hacían señas a los viajeros, que nos decían que no había peligro de migración, pero Óscar decía que en ese lugar cuando el tren paraba lo hacía en un lugar muy cerrado, o sea que estaba cercado y no podíamos salir porque en la salida y entrada se ponía la migra, mirábamos las casas, las personas nos seguían haciendo señas que no había nada, efectivamente así fue, no vimos a nadie que nos quisiera hacer ningún daño, pero ya la gran mayoría ya se había bajado, nosotros como fuimos los últimos en bajar, nos pusimos a ayudar a algunos mayores que se habían quedado en el tren incluyendo niños y mujeres. Venía una señora que decía que era de Nicaragua y llevaba dos maletas grandes.

Habíamos llegado a un lugar llamado Tierra Blanca, habían muchas casas y personas, pero nosotros de inmediato nos fuimos para una montaña, la gente del lugar nos recomendaba que no nos quedáramos allí porque ellos podían venir a llevarnos, allí pudimos dormir un buen rato, pero no descuidábamos el tren, después de un buen rato Óscar y yo fuimos a buscar algo de comer, trajimos sodas, pan, y otras cosas, allí pasamos la noche, al siguiente día pudimos ver a mucha gente que venía en el mismo tren, unos de Honduras, otros de Guatemala, de El Salvador, de Suramérica, y hasta unos chinos venían en el mismo tren. Allí en la montaña encontramos a una familia de siete personas, sin saberlo nos quedamos muy cerca de ellos, como íbamos medio dormidos no nos fijamos en ellos, al principio nos tenían miedo, quizás porque éramos solo hombres y en su grupo habían mujeres y niños, el padre tenía un machete que no lo soltaba, y la madre siempre llevaba un garrote en sus manos, de sobra se miraba que lo único que ellos querían era proteger su familia, pero nosotros les hablamos, luego mi hermano Pablo les dio un refresco grande, un paquete de tortillas, y una lata de atún, el padre decía que no, pero los dos niños pequeños no podían esconder el hambre que llevaban, yo les llevé unas bananas, tal parece que ya llevaban mucho tiempo sin comer, después que ellos comieron, empezaron a contarnos que ya tenían mucho tiempo allí, que eran de Honduras, que ellos eran una familia, luego nos agradecieron mucho y nos invitaron a viajar junto a ellos, pero nosotros ya llevábamos la orden de no viajar con nadie, ellos nos comentaban que tenían miedo de viajar con cualquiera por sus hijas.

Pasamos ese día, la noche, y el siguiente día vino lo más esperado, el tren, volvimos a ver aquella multitud de nuevo, allí el tren paró totalmente, les volvimos a ayudar a algunos y allá vamos otra vez.

Dentro de mí había algo más que me preocupaba, era que en todos estos días y noches no había visto a mi hermano dormir ni un solo momento, le preguntaba si se sentía bien, me decía que sí, que todo estaba muy bien, solo era que estaba rosado de las piernas, pero todo que estaba muy bien, "Si nos toca correr vamos a correr y nos subimos en una pipa, uno en cada esquina", no sé para qué, pero llevábamos piedras y palos, nos dijeron que no dejáramos subir a nadie más, luego llegó la noche y nos turnamos para dormir, dos dormían y dos velaban, yo era el primero que me dormía, al siguiente día eran como las ocho y aquel tren no paraba, yo creo que corría como a cien kilómetros o más por hora, mientras dormíamos nos amarrábamos con el cinto, para no caernos, cuando desperté mi hermano aún iba despierto, me le acerqué y le pregunté: "¿Cómo estás?", él me dijo: "Bien", en ese momento ya todos despiertos, me acerqué y me senté junto a él, y se acostó, empezó a roncar, los otros dos se acercaron y empezamos a hacer bromas como: "Vaya, ¡al fin lo logramos!", como a las tres seguía dormido, nos dio hambre, Óscar dijo: "Despiértenlo y que coma algo", estaba bien dormido, lo tocaba, le gritaba, lo empujaba, lo golpeé varias veces, y por un momento pensé que estaba muerto, todos asustados, los del otro vagón nos miraban y nos hacían señas: "¿Qué pasa?", pero no reaccionaba, empezamos a creer que estaba muerto, yo no dejaba de hablarle, moverlo, y más golpes, hasta que reaccionó. "¡Está vivo!, ¡está vivo!", yo estaba llorando y daba infinitas gracias a Dios, Pablo se me quedaba viendo muy serio, me decía: "¿Qué pasa?", yo le decía que nada, pero por estarlo despertando se nos cayó la comida, la soda y el agua.

Todos nos quedamos callados por un rato, luego Óscar nos dijo: "Ya se está deteniendo abajo", yo les dije: "No, no, tranquilos", miramos a la gente y la gente nos decía que no había peligro, que tranquilos, llegamos a una bella ciudad, ¿dónde estábamos?, a saber, estábamos muy desorientados, yo no tenía ni la menor idea de dónde estábamos, pero muy agradecido con Dios por haberme devuelto a mi hermano Pablo, inmediatamente nos fuimos a esconder, pues allí era una ciudad, había mucha gente y debíamos salir de la ciudad, a la vez necesitábamos buscar algo de comer pues traíamos mucha hambre, sed, sueño, necesidad de ir al baño, etc., varios sentimientos fuertes y negativos, de los que siempre debemos correr ahora estaban junto a nosotros, la gente nos miraba, a algunos les causábamos lástima, otros nos miraban con gran indiferencia, Pablo ya no podía caminar, por mi mente ya empezaba a llegar la idea de regresar, por momentos miraba a mi hermano y no podía contener mis lágrimas, no sabía si llorar de agradecimiento por la vida de mi hermano, o por lástima al imaginar el dolor que él venía pasando, eso era lo que me llamaba a regresar, se nos ocurrió que llevábamos algo de dinero, no mucho, pero nos podía alcanzar para una noche en un cuarto de hotel (barato) aunque fuera solo para él, un lugar dónde pudiera dormir y darse una muy buena bañada, dejamos al Chiquis cuidándolo, Óscar y yo fuimos a la ciudad, a ver qué podíamos hacer o traer para comer, nuestra mayor preocupación era un cuarto de hotel, sonaba muy bonito pero en realidad era una necesidad, e inmediatamente localizamos uno, era un poco de lujo, no nos permitieron entrar, ni mucho menos hablar, hasta nos amenazaron con llamar a la migra, luego fuimos a otro, una pequeña posada, hablamos con la única persona que encontramos y nos dijo que no, que no quería problemas con la justicia, yo le pedí que me explicara por qué la justicia (estaba enojado), si no habíamos hecho nada malo, le conté muy rápido lo de mi hermano, pero nos dijo: "Lo siento mucho muchachos, no puedo ayudarlos", le volví a decir que solo queríamos que mi hermano pasara una noche bajo techo y bañarse, pero nos dijo: "Sí, pero no aquí", nos pidió que nos fuéramos.

Salimos de allí como el perro arrepentido, con la cola entre las patas y el estómago vacío, fuimos a una tienda, nos vendieron algunas cosas, parecía que también nos estaban echando, nos dijeron que nos fuéramos muy rápido, porque allí iba muy seguido la migra y nos iba a llevar, y a ellos los íbamos a meter en grandes problemas. Entre las cosas que compramos iba una tarjeta de teléfono, también cosas de comida, llegamos, comimos y les contamos lo que había sucedido, pero Pablo no quería que nos detuviéramos, quería que siguiéramos vigilando el tren, que cuando él saliera sería el primero en salir corriendo a subirse, pero nosotros lo convencimos que nos enseñara la parte dañada, no se imaginan lo que vimos, ¡hasta le goteaba sangre! Wooo, hasta ese momento se me acabó la ilusión de llegar a USA como antes, ahora mi deseo era que mi hermano mejorara, después de comer ya era de noche, regresamos, Óscar y yo fuimos a buscar un teléfono para llamar a mi hermano y decirle lo que estaba pasando, Óscar preguntó cómo se llamaba la ciudad, le dijeron que se llama Histepec, muy rápido Israel nos contestó, le contamos lo que pasaba, nos dijo que no nos moviéramos de ese lugar y que si podíamos llamarle mañana, que no iba a ir a trabajar para estar pendiente de lo que iba a pasar con Pablo, también nos contó que él tenía un amigo en Orizaba, que iba a tratar de localizarlo para pedirle ayuda, nos dijo que Orizaba estaba muy cerca de allí, regresamos y les contamos lo que había pasado, y allí pasamos la noche.

Amaneció muy pronto, fuimos por otra tarjeta y volvimos a llamar a Israel, nos dio el número de su amigo, de inmediato le llamamos, él se llama Julio, mi hermano la noche anterior ya había hablado con su amigo Julio, hablamos con don Julio, nos dijo que venía a por nosotros, pero que él tardaría varias horas en llegar porque no tenía carro, venía en camión, estaba muy lejos aún, regresamos donde estaban los demás y les contamos lo que estaba pasando, nos quedamos ahí, como a eso de las tres llegó don Julio y nos fuimos a la central de camiones, fue el primero en comprar su boleto, luego fui yo a comprar cuatro boletos, él no quería que lo vieran junto a nosotros, nos dijo que si nos detenían que debíamos decir que éramos cortadores de caña, pero gracias a Dios nada de eso pasó, por la noche llegamos a su casa, gracias a Dios esa noche la íbamos a pasar bajo un techo y una comida caliente. Sí que estaba caliente, pues ellos comen mucho picante, nos pegaron una fregada que no se imaginan, luego nos prestaron unos cartones y unas cobijas y amaneció el siguiente día, café y pan, luego a bañarse, dejamos a Pablo al último para que se bañara, lloré mucho cuando escuchaba aquellos quejidos, rugidos o alaridos, cuando le llegaba el agua a sus partes afectadas, cuando él se bañó, don Julio lo miró y dijo que lo mejor era hospitalizarlo, pero Pablo dijo que no, tampoco teníamos dinero para comprarle medicina, don Julio dijo que lo mejor era hablar con Israel, pero Pablo no quería ni ser hospitalizado ni regresar, así fue que llamamos a Israel, nos dijo que nos quedáramos unos días allí, que nos enviaría dinero para la medicina, mientras él localizaba a otro amigo que vivía en Irapuato del Estado de Guanajuato para que viniera por nosotros y nos trajera a la frontera con USA, pues estábamos buscando la forma más económica de llegar, aun a costa de correr tantos peligros.

También el Chiquis ya había empezado a localizar a sus familiares para pedirles ayuda, pero no lo lograba, no le contestaban el teléfono, mis hermanos nos decían que con los cuatro no podían, o sea, que no podían conseguir dinero para cargar con los cuatro, allí estuvimos como una semana mientras Pablo se curaba y Chiquis definía su destino, al mirar que ya llevaba casi una semana y no podía contactar a nadie optó por regresar, nos despedimos de él y uno o dos días después llegaron por nosotros, nos despedimos de don Julio, de sus dos hijos y de su esposa, doña María Eugenia, como nosotros siempre le ayudábamos en sus quehaceres, ella lo primero que dijo fue: "Oooh y ahora, ¿quién podrá ayudarme?".

Llegaron dos personas a buscarnos, una mujer y un hombre, no nos dijeron nada, solo: "Venimos por ustedes", como no teníamos nada que llevar solo nos despedimos, les dimos las gracias, lo que más satisfacción nos daba era que mi hermano ya estaba totalmente curado, como era la Semana Santa, pienso que por eso no conocimos a la migra que tanto mencionaban, pero mientras llagamos a la central camionera, unos vigilantes nos rodearon y nos dijeron que nosotros éramos pollos, que si no les dábamos algo de dinero llamarían la migra, las personas que nos llevaban les dieron 500 pesos por cada uno, eso fue en el D. F., como estábamos en Semana Santa nuestro viaje parecía un vía crucis, en catorce o dieciséis horas estábamos en Irapuato, esa familia que por cierto era muy numerosa, nos miraban como niños de oro, desde los más chicos hasta los más grandes buscaban diferentes formas para sacarnos dinero, pedían que nosotros los invitáramos a comer cosas que ni siquiera conocíamos, nos decían: "No si tú no quieres no, pero paga el mío", entre ellos había una mujer más mala que se aprovechaba de cada situación, llamada Chabela, le decíamos Chave, esa mujer hasta por contestarnos una pregunta nos quería cobrar, nos querían tener allí por mucho tiempo, cada tres días pedían dinero para nosotros, que para la comida, para los zapatos, la ropa; en tres días no te acabas unos zapatos, la ropa, etc., decía que debíamos estar más tiempo allí para hablar como mexicano, pero después de un par de semanas ya estábamos muy aburridos de estar en ese lugar, nos pusimos de acuerdo en comer más y dar más lata, yo me enojé con Israel porque no salíamos de allí, Israel me dijo que ellos no nos dejaban ir, yo me afligí mucho, pero nuestro plan funcionó, a la hora de comer nos hacían regaños, insultos, malas caras, etc., nos habían exigido tanto hablar como ellos y lo habíamos aprendido, pero al subir al camión lo único que nos dijo fue: "No hablen con nadie, limítense a contestar con respuestas cortas, ustedes no son mexicanos y es un largo viaje si pueden regresar regresen, aquí está su familia que los quiere mucho".

Fue un viaje muy largo pero cómodo, en tres días y dos noches llegamos a Sonorita (Sonora), a una casa que estaba en construcción pero muy grande, nos pidieron los números de teléfonos de quien estaba en USA, llamaron, negociaron, y al siguiente día salimos a las diez de la mañana al desierto; empezamos a caminar a pie, llevábamos toda el agua que podíamos, nos dieron un descanso de diez minutos y luego a caminar otra vez, como a las tres de la tarde otro descanso, veinte minutos, y luego a caminar otra vez, como a las cuatro de la tarde ya estábamos en posición que nos levantaran, pasamos como una hora y llegaron tres camionetas, una cada quince minutos, y en la última nos subimos, como una hora después detuvieron la camioneta, el chofer medio se hizo a la orilla, salió corriendo hacia el desierto y todos detrás de él, a la orilla de la carretera había una cerca, el último se rayó la cara, se desangró la cara, no nos siguieron mucho, pero no nos perdían de vista, luego el compañero iba sangrando, o sea, no era difícil el saber dónde estábamos, bajo unos arbustos, ellos nos gritaban que nos detuviéramos o que nos iban a disparar, pero nosotros no nos detuvimos hasta haber corrido algunos cinco minutos, después todo estuvo calma, como a la media hora nos tenían bien rodeados, nos sacaron de donde estábamos, hasta allí pudimos mirar a quién se había herido en el cerco y como se le miraba de feo, se le miraba blanco adentro, en cuestión de minutos nos llevaron a una celda, nos toman los datos, fotos, no sé qué más, y en cuestión de horas ya nos habían llevado al otro lado de la frontera, o sea, estábamos de nuevo en México, pero allí nos estaban esperando para llevarnos a la misma casa a dormir, si tenías algo de dinero para comer lo que pudieras.

Al siguiente día, la misma dosis o rutina, como a las diez de la mañana nos llevaron en un carro hasta el desierto, luego a caminar, llevábamos cuanta agua podíamos, pues hacía tanto calor que el agua nunca alcanzaba, Pablo traía su mochila llena de botellas de agua, yo llevaba dos galones en mis manos, Pablo, cuando íbamos a mitad del camino, la mochila se le rompió y toda el agua se le cayó, no podía llevarla más y la empezó a regalar, llegó la noche y no parábamos de caminar; como a las tres de la mañana nos avisaron que una señora y un niño ya no podían caminar, el guía nos reunió, nos dijo que descansaríamos un par de horas, que podíamos dormir, que ellos nos despertarían; pues el siguiente día sería muy largo, cuando despertamos con los rayos del sol, nos dimos cuenta que solo estábamos los tres, nos sentimos muy tristes y abandonados a medio desierto, no sabíamos dónde ir, pero nos mantuvimos optimistas, seguimos adelante, bueno eso creíamos. Pero al final del día y de tanto caminar en círculo (creo), llegamos a una casa y pedimos agua, un señor americano nos regaló agua embotellada, él habló muy poco español, unos minutos después llegó la migra, uno solo y nos arrestó, recuerdo que nos gritó: "No corran que traigo perro", pero... ¿si dijo perro?, pues por el porte del animal parecía un caballo, el animal nos olía, sí era un perro, pero yo nunca había visto un perro tan grande, una vez más nos arrestaron, nos llevaron de nuevo al mismo lugar, en esa segunda vez, nos reconocieron, nos hacían bromas, a Óscar hasta un apodo le pusieron, uno de ellos dijo: "Miren ahí viene la Casilda otra vez", de nuevo nos tomaron la información personal y al cabo de unas horas nos llevaron al lugar de donde habíamos salido.

Ahora el problema mayor era que ya no teníamos dinero, los zapatos ya no nos servían, los míos estaban muy rotos y los de Óscar también; ahí la comida era muy cara y lo único que vendían era sopas instantáneas, lo que hicimos fue llegar al lugar de "descanso", le contamos lo que nos había pasado a la gente que había llegado de México, ellos nos regalaron dinero, eran personas que debían cruzar el siguiente día, luego algunos residentes nos contaron que allí había un lugar donde podíamos comprar cosas usadas, fuimos a esa tienda, hasta nos alcanzó para el agua y la comida que llevaríamos al siguiente día, gracias a Dios.

Al día siguiente otra vez la misma rutina, a caminar, ese día íbamos más ligeros no llevábamos mucha agua, solo un galón cada uno, cuando nos daba sed solo nos mojábamos la lengua para intentar que nos alcanzara, de sobra sabíamos que solo un milagro nos podía salvar, caminamos todo el día, como a las 8 de la noche, un descanso de diez minutos, luego a seguir y ni intentar dormirse, aunque nos obligaran no, como a las tres de la mañana nos volvimos a detener a descansar un rato, evitamos a toda costa dormirnos, bueno, al menos nosotros tres, como a las dos horas seguimos otra vez; apenas se miraban síntomas de amanecer, ese día fue diferente, caminábamos dos horas y descansábamos diez minutos, pero en cada descanso alguien se dormía, cuando se escuchaban los ronquidos nos pedían que mejor lo despertáramos y mejor seguíamos, no fue hasta como a las cinco de la tarde que miramos el nuevo atardecer, y con qué ganas lo mirábamos, ya se han de imaginar esos rostros quemados por el sol, el hambre, la sed, y el cansancio que reflejábamos cada uno de nosotros.

Llegamos a una carretera pavimentada muy grande, no nos dejaron pisar sobre ella, nos escondimos bajo un puente, nos dijeron que allí iban a llegar tres camionetas para recogernos, nos dividieron en tres grupos, nosotros los tres (salvadoreños) siempre juntos, y nos mandaron en el segundo viaje, los carros paraban por aproximadamente cinco segundos, en ese lapso debías encontrar tu lugar asignado, como yo era un poco blanco (imagínese con tantos días de sol y yo era el más blanco), a mí me asignaron de copiloto, o sea al frente, creo que era el que iba más cómodo, el chofer llevaba su teléfono, al cabo de unos cuarenta minutos le llamaron para decirle que ya había caído el primer grupo, yo continuaba haciendo de todo corazón mis mejores oraciones, en la parte de atrás de la camioneta se escuchaban quejidos, decían: "Por favor mueve tu pie derecho, córrete un poco a la derecha, me estorba tu pierna, etc.", pasaron unos cuarenta minutos y reportaron que el otro grupo ya había caído, por mi parte, continuaba muy dentro de mí con mis oraciones, y es que ya no sabía a qué santo rogarle, o cuántos rosarios había rezado, pues soy católico.

Al cabo de algunas horas más, nos bajaron en una casa, creo que ya habíamos pasado, era muy de noche, cuando bajamos nos hacían que lo hiciéramos de arrastra para que nadie nos mirara llegar, al entrar a esa casa nos dimos cuenta que había mucha gente ahí, no podíamos hacer ruido ni caminar, solo llegar y sentarnos donde se pudiera, de a uno por uno fuimos al baño; las cosas eran diferentes, solo una persona que ya estaba ahí, se podía parar o hacer el quehacer, como cocinar que era de las cosas más urgentes, le pedimos que si nos hacía de comer, nos dijo: "¿Qué quieren comer?, pidan al gusto", cuando le dijimos que lo que fuera él nos dijo que solo había huevos, nos hizo reír, luego nos callaron, allí estuvimos como dos o tres días hasta que negociaron y nos trajeron para Cleveland Ohio, donde ya nos esperaban nuestros hermanos.

CAPÍTULO

3

MI ESTANCIA EN LA CÁRCEL

"Hoy miré llorar a un hombre"

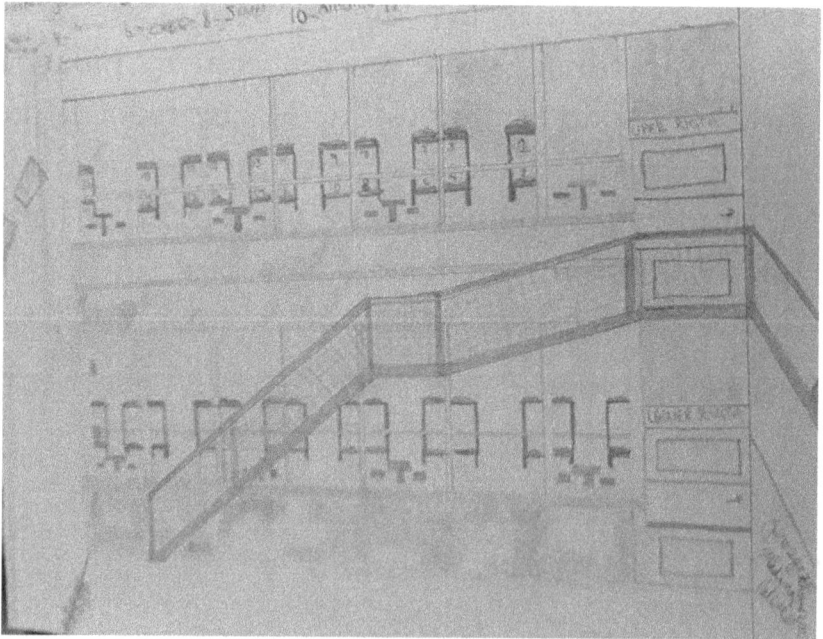

ESTOY EN UN LUGAR DEL cual me han hablado mucho y siempre me han causado mucha curiosidad, pero nunca lo había conocido hasta el día de hoy, es una nueva aventura y se llama cárcel.

Aproximadamente a las 6:50 a. m. de este día 4 de febrero de 2019, mientras mi cuñado y yo nos dirigíamos al trabajo, la policía nos hace señales de detenernos y ¡Oooh sorpresa!, es la migra (ICE por sus siglas en inglés), ellos sin decir ni media palabra nos arrestaron a mi cuñado y a mí, en media hora ya estábamos estampando nuestras huellas, nos tomaron fotos para el archivo de arresto, nos vacunaron y nos tomaron la presión. Después de una larga espera fuimos trasladados a una prisión (no sé de qué tipo de prisión), esperamos una vez más muchas horas, en este proceso nos dieron comida, un cambio de ropa color naranja interior y exterior y por fin entramos, ¡woo! ¡Qué cálida bienvenida! ¡Cuánta hermandad!, todos nos decían palabras de ánimo, eso me hizo sentirme mejor, encontré en aquellas personas mucha humanidad, humildad y sencillez, no solo había hispanos, también había americanos y de otras naciones, precisamente en el lugar que me tocó estar había un polaco y un hindú (de la India).

Unos a otros nos cuidábamos las cosas, nos ayudamos con el quehacer y sin ningún interés, solo era el deseo de colaborar en el nuevo rol o rutina diaria que debía llevar, hasta en mi forma de conducirme en las diferentes actividades, por ejemplo: cómo se bañaban, cómo era el baño, hacer del uno o del dos, cómo tender mi cama, etc. cómo debía ajustarme al horario y organización de esa prisión, pues todo era nuevo para mí.

Siempre supuse que el problema de migración era solo de los hispanos, pero ahora me doy cuenta de que no.

Mis compañeros de cárcel me hablan de sus historias que son de pobreza y sufrimiento. Encuentro en algunos de ellos mucha simpatía por la fe, por la Biblia, y por Jesús de Nazaret.

Me costaba hablar con las personas de otras celdas puesto que no es permitido entrar en ellas sino solo a la nuestra, por lo cual teníamos miedo porque podíamos ser castigados.

Hay dos temas centrales para hablar aquí: la palabra de Dios, y la inmigración (las cortes). Nunca en mi vida había visto a tantas personas juntas o separadas hablando de estos temas, sin lugar a duda nunca olvidaré esas parejas de hombres caminando en círculos platicando, dándose ánimos, otros jugando ajedrez, otros mirando por las ventanas de sus celdas y quizás pensando: «¿Cuándo voy a salir de aquí?», tal vez pensando en sus hijos, etc.; pienso que se arrepienten de no haber disfrutado a su familia en su momento.

Hoy me sentí muy melancólico cuando miraba a los compañeros, porque como a las 6 p. m. en mi celda preparábamos burritos y luego nos compartimos, ¡woo!, ¡qué bonito gesto!, todos dábamos gracias a Dios, un señor americano de aproximadamente 60 años lloró y nos dijo que nunca había visto un gesto tan bello y tan humano hacia él; al final de la cena vino con cada uno dando las gracias, lo cual nos sorprendió muchísimo a todos.

Al cabo de un rato, los muchachos se pusieron a hacer ejercicio y el señor mayor se puso al igual que ellos, yo no me atreví a hacer los ejercicios que ellos estaban haciendo, pero él lo hizo mejor que cualquiera de los jóvenes, que a pesar de que nosotros habíamos visto un viejito aburrido, amargado, aislado, etc., creo que de alguna forma le levantamos su autoestima.

En lo personal, comparo esta aventura con un retiro espiritual, porque nunca en mi vida había visto tanta disciplina, tanto amor a Dios en el hermano, el poder compartir lo poco o nada que teníamos y que hasta nos peleábamos por limpiar nuestra celda, era una lección, en verdad, todo estaba en total orden. Por cierto, al siguiente día, creo que era jueves, nos tocaba la limpieza general de la celda. ¡Cuán erróneo era mi concepto de ser preso!

Hoy como otras veces fuimos a estudiar la Biblia, el tema es la desobediencia, pero nosotros hablábamos de todo, hasta de las vacas de allá en Honduras. Era algo que me alegraba mucho, me confortaba y a veces hasta gracioso nos parecía, pero trataba de no reírme para que no se sintieran mal, pues yo en mi infancia estudié "teología".

En cuanto al servicio sanitario, tenía una puerta portátil, y digo portátil porque no tenía puerta, las personas debíamos llevar un cubrecama y meterlo por la ranura de la pared con un pedazo de cartón doblado del mismo papel sanitario.

El baño: (la ducha), estaba muy bien, como cualquier baño de un hospital, solo con una cortina sencilla y muy poca agua caliente.

Las camas: estaban muy duras, muy frías, muy pequeñas e incómodas.

La comida: (no nos gusta), no tiene sal, no tiene sabor y siempre nos están dando papas.

Cuando les conté que yo quería ser escritor todos me ayudaban, me limpiaban lo que me tocaba hacer, me buscaban pedacitos de lápices, me buscaban hojas de papel que estuvieran limpias aunque sea por un lado, en donde yo pudiera escribir, me sentía un superhéroe, a pesar de no serlo, pues todos miraban en mí a alguien que les podía ayudar en su problema, aunque yo estaba igual que ellos, me gustaba su actitud de querer ayudarme y me daban ganas de hacer mucho por ellos, lamentablemente no podía hacer nada.

Hoy me toca hacer la limpieza general de toda la celda, nos levantamos muy temprano a limpiar, debemos ser tres los que hagamos todo el trabajo. Pero los demás se levantaron a ayudarnos y al final no me dejaron hacer nada. ¡Woo!, gracias amigos, gracias hermanos, me sentía muy agradecido por esas nobles actitudes.

Después del desayuno vino un momento triste, deportaron a un compañero de nuestra celda, el más joven de todos, un muchacho de 19 años de Guatemala, cuya fianza era de 15 mil dólares y no se pudo pagar.

Eran tres hermanos y a los tres deportaron, a cada uno le pidieron 15 mil dólares de fianza, pienso que por lo menos a uno le hubieran dado la oportunidad de quedarse aquí.

La ropa está muy bien, de color naranja, aun la ropa interior y las chanclas, aunque con algunos detalles como, por ejemplo: las tallas muy grandes, o muy chicas, y a algunos se nos caen los pantalones y a otros nos aprietan demasiado, la ropa está bien lavada y sin mal olor.

La higiene: este aspecto es muy esencial, todos debíamos andar muy limpios, nos bañábamos, nos afeitábamos, nos daban ropas limpias para toda la semana, los amigos que se iban para su casa o deportados nos dejaban cosas que a ellos les sobraban, como comida, u objetos de uso personal que podíamos usar.

Hoy fue a corte el señor hindú que duerme frente a mí y vino muy triste, muy decepcionado, yo aún no sé qué pasó en esa corte, pues estaba muy emocionado, contento antes de ir, pero regresó con la cara de yo no fui.

Este día me dediqué a buscar a alguien que pueda dibujar este lugar, me dicen que hay una persona que sabe dibujar, pero está en otra celda, es muy callado, se mantiene alejado del grupo, que bello sería conseguir una foto de este lugar, pero yo sé que no se puede, al menos me gustaría tener un dibujo de este sitio y poder agregarlo en mi libro.

Razas: en nuestra celda hay personas de diferentes nacionalidades, por ejemplo hay un muchacho hindú que es ingeniero mecánico, un señor de Polonia, más adelante les voy a dar detalles personales de ellos, tenemos mexicanos, salvadoreños, hondureños, guatemaltecos, etc.; eso sí, unidos por un mismo sentir, un mismo Dios, nos saludamos sin importar quién es, de dónde es, no obstante, si hay una que otra persona que nos habla que se ve enojada, apartada y aun así no tenemos problemas. Hoy llegaron tres personas más a nuestra celda: dos mexicanos y un americano, uno de los dos dice que él ya se va para México, que el juez le dio 90 días para salir del país y ya se le venció el plazo, que solo tiene que esperar dos días más.

Hoy fuimos más gente al estudio de la Biblia y me preocupa que solo estemos orando por las cortes, yo estoy insistiendo en orar por nuestras familias, por nuestros hijos, pues son ellos los que más sufren la ausencia del padre o de la madre.

Queremos ir a misa el viernes, pero solo pueden cinco personas de las cuatro celdas que hay en esta ala del edificio. Me incomoda mucho cuando me dicen unos compañeros que no tienen amigos, cuando les pregunto cómo van a salir de aquí, me dicen que Dios los va a sacar, pero tienen muy mal su récord, e incluso uno dc nucstros compañeros, Rodolfo, dice: "Ellos en su iglesia les prohíben guardar (ahorrar)", él tiene varios meses aquí y cuando va con el juez a corte lo primero que le preguntan es: "¿Dónde está tu abogado?", desgraciadamente no tiene dinero para pagar uno.

Recuerdo que la iglesia desde siempre nos ha enseñado que no basta con orar, que debemos actuar, quisiera explicarles eso, pero tengo miedo de hablar, lo único que digo es que tienen muy poca fe.

Mucha gente ha llegado hasta la muerte creyendo vivir en la fe y solo es "fa", no quiero entrar en más detalles sobre esos dos temas: (fe, o fa) lo haré en otro momento, o en otro capítulo, prometo que lo haré.

Me gustan mucho las atenciones que tienen para mi persona, pues a ellos les gusta verme escribiendo, a pesar de que les explico que no soy escritor, que es la ilusión de mi vida es escribir y publicar mi libro sobre la injusticia social, o justicia social. Mi deseo es escribir lo más posible, no me gustaría volver a pisar este lugar en mi vida, ya que había escuchado de este lugar como un excelente lugar para hacer esto (escribir), lo hago por dos cosas: uno porque me interesa el sentir de los que estamos aquí, y otro porque de alguna manera me sirve como una terapia, no puedo ni quiero imaginarme como estarán mis hijos, mi esposa, etc.; y no es que no los quiera, sino porque temo volverme loco por la falta de ellos a quien tanto amo y extraño todos los días de mi existencia.

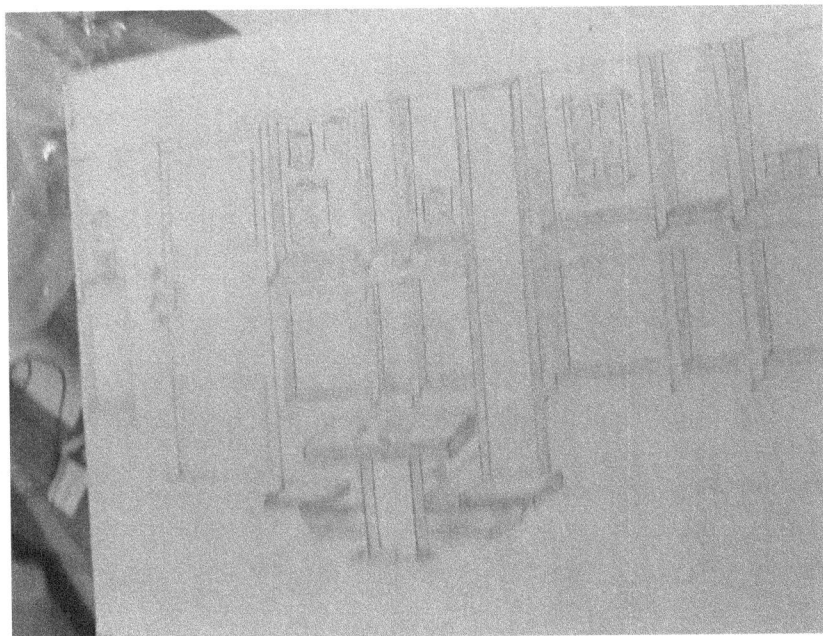

Hoy por la noche llegó un muchacho nuevo, no sabemos nada de él, mañana intentaremos conocerlo, saber quién es y cómo es. Ya amanece un nuevo día, van dos días seguidos que me levantan temprano para chequearme el nivel de glucosa, estos médicos me empiezan a preocupar, yo me siento muy bien de salud y espero que no sea nada grave. Hoy conocí un poco más a la nueva persona, no habla español, dice que no quiere nada, solo sabe decir que no, parece hindú, o sea, de la India, no habla, no se ríe, solo quiere estar arropado de los pies a la cabeza; también quiero hablarles de Patrik, es la persona que tiene la cama frente a la mía, no habla mucho, dice que es un ingeniero mecánico que vino con visa, todos le reprochamos que entonces qué hace aquí, llora mucho y dice que no sabe, solo que lo trajeron a trabajar para la GM, aquí no tiene a nadie, dice: "Solo los tengo a ustedes, tengo cinco o seis semanas aquí y mi familia no sabe de mí ni yo de ellos, eso me entristece más".

A las 3:06 estoy frente a la persona nueva, hablaba un idioma muy diferente, minutos después hablé con unos compañeros de otras celdas, están muy confiados que el día de su corte saldrán de aquí, pero no tienen abogado, admiro su seguridad, también observo que todos solo queremos hablar y nadie quiere escuchar, por ejemplo: un hondureño como casi todos los demás, busca quien lo escuche pero no le gusta oír a nadie, no aprenderemos mucho de esta lección de estar presos, no es que tenga algo personal con él, sino que es lo que se siente aquí, todos queremos hablar y nadie quiere escuchar, hasta cuando estudiamos la Biblia tenemos ese problema, si tan solo aprendiéramos a escuchar.

Son las 5:03 p. m., compramos comida a través de una Tablet, me parece que es un buen negocio pues la mayoría gasta mucho en su comida, no venden nada enlatado, todo es muy caro.

Me contaron que a la celda de abajo llegó un ruso, está aquí por el mismo problema de nosotros, espero más adelante poder platicar con él, conocer más de talles de su persona, mientras tanto, la persona nueva ya empezó a hablar, pero no quiere comer nada ni tomar nada. A las 5:22 p. m. nos preparamos un café, a pesar de no tener agua caliente, aun así, nos tomamos un café frío, mientras lo tomamos estoy pensando que quiero aprender inglés, considero que esta es una buena oportunidad y la quiero aprovechar. A la 6:45 nos interrumpen porque a esta hora nos cuentan, debemos estar cada uno en su cama acostado, revisan que no haya ropa en el piso y chequeos de rutina que hacen todos los días a esta misma hora. A las 10:50 p. m. hablé con los dos nuevos que ya tienen deportación, dicen que se siente como las ovejas que llevan al matadero o como el perro arrepentido, como dijo el chavo del ocho, sin poder hacer nada, con su cabecita agachada y sus lágrimas cayendo. Son las 11:00 p. m. y nos apagan la luz, que dicho de otra forma todos a dormir, excepto algunos que van al baño.

5:00 a. m., amanece un nuevo día, me levantaron para chequearme la azúcar y me vuelvo a acostar, los guardias están de buen humor y nos hacen algunas bromas, mi preocupación más grande es mi familia, nosotros aquí la pasamos muy bien, hacemos bromas, nos reímos, oramos, etc. Pero nuestros hijos, nuestra esposa, hermanos etc., ¿cómo estarán? 6:20 a. m., se vuelven los demás a acostar, pero yo quiero hacer otro intento por bañarme, a ver si lo logro. 6:40 a. m., fui a pedir un afeitador, pero me dicen que vuelva hasta las 7:00 a. m., esta mañana observé que hay mucha gente estornudando y tosiendo, solo espero que no sea un virus que se extienda o propague y nos afecte a todos. Hoy intentaré hablar con el señor de Rusia, no sé cómo le voy a hacer, no creo que él hable español, yo no hablo inglés, aquí hay gente que no habla inglés ni español; hoy me di cuenta que el nuevo que llegó es de Irak, pero se cambió de celda y no pude hablar con él. El Polaco se siente mal de salud, también hay otro muchacho que es mexicano, que no se siente bien de salud, habla muy poco, pero le gustan las cosas de Dios, siempre que rezamos el rosario él está presente. Ya están haciendo la limpieza de las celdas, unos lavan los baños, otros trapeando, otro barre, y el otro lava el área de las duchas, y todos hacen lo suyo; a las 8:00 a. m. ya me bañé, no sé cómo, pero lo logré, lo único que pasa es que el agua está muy fría. 9:00 a. m., hablé con Raúl, es de México, su situación está muy complicada, es muy conformista, dice que los que la debemos la tenemos que pagar. 9:10 a. m., estuve hablando con el señor Gr2egor2 a p. (el nombre de este señor, es un poco raro porque es de un país que se llama Polonia), me hizo un café y me hizo escribir algo dirigido a los políticos, que por favor lo incluya en mi libro. Espero que el señor polaco me cumpla lo que me prometió.

Acabo de ver a un muchacho nuevo, no me di cuenta a qué horas llegó, hablaremos con él más tarde; ya están llegando los que fueron a misa, junto con ellos viene un cura a darnos la comunión, me pregunto: ¿puede uno comulgar sin ir a misa?, pues no estamos enfermos, mucho menos inválidos.

Bajamos a caminar en círculo, ahí me encontré con el cuñado, dándome el saludo de su hermana Kenia, hablamos de nuestra situación sobre todo de la economía, porque nos cuentan que las fianzas son bien caras.

Dos muchachos con los que hablamos se ofrecen a dibujarnos este lugar donde estamos, incluyendo la celda donde dormimos, espero también que alguien me dibuje el baño, de pronto veo a un señor recostado en la ventana, me acerqué a él, le sobé la espalda, le pregunté si estaba bien, con sus lágrimas al borde de sus ojos me dijo que todo estaba bien, al continuar con nuestra plática me comenta que su bebé apenas tiene siete meses de haber nacido, mi amigo ya tiene seis meses de estar aquí, me platica que su esposa le ha dicho que ella no se irá a México si a él lo deportan, ella se quedará aquí, él muy apenas alcanzó a conocer a su bebé, no tendrá la oportunidad de disfrutar a su hijo, es de Honduras y su bebé se llama Jahir, luego se incorporan otros compañeros a la plática, nos juntamos unas seis personas, pero nos dicen que no podemos hacer eso, no aceptan reuniones de tres personas o más, excepto cuando hablamos de la Biblia.

A las 11:00 a. m. nos llevan a muestras celdas porque ya empiezan los preparativos para el almuerzo, mientras pasa esto nos obligan a estar dentro de muestras celdas.

11:20 a. m., nos llamaron para darnos el medicamento, a mí me hicieron un examen, esto me preocupa mucho por mi salud, porque no me dicen qué tengo o es solo rutina. Cuando regresamos de la medicina fuimos a tomar el almuerzo, mientras almorzábamos, un compañero que se llama Sergio comenta sobre el miedo que los americanos nos tienen, porque ellos creen que muy pronto este país estará gobernado por hispanos, tendremos el control total, por ejemplo: los padres que tenemos hijos nacidos aquí, nuestros hijos muy pronto crecerán, tomarán diferentes cargos incluyendo la política y para ese tiempo, nuestros hijos podrán pasarles la factura.

12:20 p. m., desde la ventana donde me siento a escribir veo abajo algunos compañeros caminando en círculo hablando, dándose esperanzas unos a otros, veo otro grupo jugando naipes y un señor moreno parece que hace magia con los naipes, a la vez imagino los temas de los cuales hablan los que caminan en círculo, luego yo también bajé a caminar con ellos, a saludarlos, nos sentimos como entre hermanos sin importar para dónde vas, quién eres o de dónde eres; veo mucha hermandad entre nosotros, invitándonos a ser escuchados.

Como a las 2 de la tarde regresé a mi celda y llamé a Kenia (mi esposa), le puse al teléfono 10 dólares de saldo, hablamos como unos 8 o 10 minutos y se gastaron los diez dólares, considero que eso es muy caro o que es un robo.

Como a las 3:30 p. m. nos llevaron a ver un video que vimos hasta el final, digo hasta el final porque algunos se durmieron pues era muy largo, en este nos muestran nuestros derechos, nuestros deberes, y la forma de defensa entre otros. Observé entre nosotros muy poco interés (los que estábamos viendo el video), no hay seriedad, algunos se durmieron, no quisieron escuchar y esto me preocupa, puesto que no quieren saber nada o educarse en ningún aspecto, después nos regresamos a la celda, al parecer a nadie le interesó el video, al estar en la celda yo trataba de hablar con ellos sobre el video, ellos me comentaban que esas eran simplemente palabras que nadie nos cumple, pues cuando buscaban esas opciones nunca las encontraban, eran simplemente palabras.

En la celda de enfrente hay un señor chino, en realidad no sé de dónde es, chino o japonés, no sé, pero no habla español y muy poco inglés, dicen que es una buena persona que compra mucha comida solo para regalárselas a sus compañeros, que ayuda mucho en los quehaceres de la celda.

Ahora uno de mis compañeros de celda que se llama Adrián, me cuenta sobre su experiencia con ICE, me dice sobre lo injusto que fue el oficial al tratar su caso, me relata que el oficial (Rocha) nunca quiso ver su archivo (documentos), dijo desde el principio que debía irse sin importar el tipo de prueba que tuviera, que el oficial le dijo: "Debes irte porque no me caes bien".

A las 4:10 p. m. se inician los preparativos para la cena, todos debemos regresar a muestra celda, antes de cenar hicimos una oración muy intensa, pero me preocupa la forma de orar que tenemos, pues pienso que deberíamos de orar por muestras familias, ellas son los que están recibiendo la mayor parte de esta mala aventura o historia, pero aun así oramos, luego nos encierran en nuestras celdas, esto nos desespera más, se nos nota en el rostro esa presión o desesperación cuando nos mantienen más encerrados como si fuéramos ganado que llevan directo al matadero, nos damos ánimo unos a otros, jugamos, hablamos, nos hacemos bromas, nos reímos, pero solo nos reímos por fuera, de sobra se sabe cuánto lloramos por dentro, hacemos grandes esfuerzos por no llorar, aun así algunos somos más débiles que otros (si a eso se le puede llamar debilidad), nos encerramos en nuestras camas arropados de pies a cabeza y lloramos.

Nosotros llegamos un día lunes, esta semana hace mucho frío, nos cuentan que afuera se paralizó todo, aquí adentro también hace mucho frío, nos dieron 2 o 3 cobijas extras según la parte donde estás, esta parte donde nosotros estamos es la más fría, depende si eres americano te dan 3, y si eres hispano te dan 2 o te dicen que ya no hay, algunos ya empezaron a enfermarse, es por eso que escuchamos demasiadas personas tosiendo y con calentura, tengo miedo que nos contagiemos unos a otros y eso nos hace sentirnos más presionados.

7:00 p. m., nos abren la puerta, cabe destacar que nos tuvieron largo rato adentro de nuestras celdas y cuando nos abren la puerta hacemos un gesto como "Uffff ya podemos salir", nos vuelven algunas sonrisas, nos cambia el ánimo y parece que nos devuelven la vida.

Hoy me estoy entrevistando con un compañero de otra celda, se llama "Dionisio", es un hombre humilde, pobre, serio, se nota en él mucha tristeza y miedo, y me dice que no quiere hablar por miedo, que mejor después me contará su historia. En ese momento nos piden que regresemos a nuestras celdas y empiezan los muchachos a hacer ejercicio.

Luego de estar por un rato encerrados en nuestra celda nos abren la puerta, otra vez bajamos, fue entonces que tuve el placer de conocer a Saúl, un compañero mexicano de otra celda, me cuenta que está aquí por problemas de drogas, que tiene varios años de permanecer en este lugar, me platica que ha visto en muchas ocasiones las injusticias que hacen, por ejemplo: como nos discriminan, nos maltratan física y psicológicamente, me dice también que ya ha estado en el hoyo muchas veces (un lugar de castigo para los que se portan mal), no hablamos mucho, pues lo llamaron, tuvo que irse, pero más adelante me dará más detalles de ese curioso lugar, digo curioso porque ya me dio curiosidad por saber más de ese castigador lugar.

Me encontré a dos compañeros quejándose de los morenos (dos americanos) con quiénes también compartimos la celda, ellos nunca hacen amistad con nosotros, siempre se separan del grupo, se la pasan en el juego de naipes, apostando su comida (que no tienen) y muy seguido andan pidiendo para pagar sus apuestas, es solo en ese momento que te dirigen la palabra, bueno el más joven es el que se duerme con la Tablet y el control del televisor y no los quiere prestar, pero lo que más nos incomoda es que cuando hacemos comida en común, ellos son los primeros en llegar, no aportan nada ni ayudan en nada, ese es el problema una vez más.

Bueno, me gustaría contarles sobre esos banquetes que nos preparábamos, todo es a base de donaciones, uno hace la propuesta y luego empezamos a decir qué vamos a donar, en las despensas que compramos cada semana vienen diferentes combos, pero lo más común son: chips, galletas, frijoles disccados, sopas instantáneas, tortillas, etc., lo que más donamos son sopas instantáneas, tortillas y chips; el procedimiento es: conseguir agua tibia, porque no hay caliente, y en los platos de plástico que también allí compramos, ponemos las sopas instantáneas, las tapamos muy bien, les ponemos dos o tres cobijas encima, dos o tres cobijas debajo para mantenerlas muy calentitas unos diez minutos, después y ya están listas para servir, ah, encima se le ponen los chips, no al gusto sino a que alcance, y allí está el problema, que siempre que hacemos eso los primeros en la fila son los morenos.

Bueno, yo creo que cuando salga de este lugar, yo seré cocinero, si ya sé hacer sopas instantáneas, ya soy cocinero.

Después de algunas palabras fuertes, mejor nos vamos a estudiar la Biblia, wooo somos varios y eso me gusta, aunque a veces pienso que hablamos mucho y decimos poco, digo decimos porque yo también me pongo al igual que ellos, nos vamos lejos del tema, yo generalmente siempre estoy callado escuchándolos, si el tema es el amor, ellos hablan hasta de los puerquitos, o las gallinas de Guatemala, Honduras, México, etc., al final siempre terminamos dándonos ánimo, hablando de las cortes y de las injusticias que cometen contra nosotros.

5 a. m., ya amanece otro nuevo día, nos levantan para chequearnos la sangre, nos dicen que todo está bien, yo estoy un poco preocupado porque la vacuna que me pusieron se me ha inflamado mucho, la enfermera me dice que está bien, me mide la parte hinchada, de lo alto y de largo, mi antebrazo se ve muy grueso, pues allí fue donde me vacunaron, el problema fue que nos dijeron que no debíamos rascarnos y yo lo hice (cuando estaba dormido).

Nos volvemos a acostar, pero luego a las 6:00 a. m. nos vuelven a levantar para desayunar, después varios se vuelven a acostar, pero varios nos quedamos despiertos, hablando en voz baja para no molestar al que quiere seguir durmiendo, comentamos sobre lo mal que nos tratan aquí y en otras cáceles, comentan que la cárcel donde más mal los tratan es en "Monroe", allí dicen que hay muchos morenos y muy malos. Nosotros no somos malos, nuestro delito es ser pobres, bueno es un delito que ellos de alguna forma se inventaron. Y uno a uno se van yendo de nuevo a acostarse, hoy haremos la limpieza general de la celda, todos.

Son las 9:30 a. m., es mi primer domingo en este lugar, me paseo por la celda y miro a todos durmiendo, cuánta lástima siento por ellos, pues su único delito es ser pobres o simplemente no haber nacido en USA, porque buscamos una mejor vida para nuestros hijos o por querer ayudar un poco a nuestros padres, allá en nuestros países.

Despierta un compañero y me mira como si yo fuera un centro de quejas, empieza por decirme cuánto dinero ha perdido en despensas que no ha recibido, porque él compra, pero cuando está por llegar la compra lo mueven de cárcel, por ejemplo: llegó la semana pasada de un lugar que se llama "Monroe", y aquí se llama "San Clerk", razón por la cual no ha podido encontrar la forma de recuperar ni el dinero ni sus compras.

A las 10:35 a. m., bajé y me senté a platicar con un joven llamado Bryan, es un joven de Honduras, tiene unos 23 años, dice que radicaba en Texas, me platica que se siente víctima de las circunstancias, ha estudiado mucho, pero que perdió su Daca, y se comprometió a escribirme algunas historias para mi libro, incluyendo la de un señor que murió por negligencia de los guardias, no tengo muchos detalles ahora, pero me prometió que me escribirá más detalles de esa y otras historias, más adelante trataré de entrevistarme con él.

Nos preparamos para el almuerzo, después vamos a hacer la limpieza general de toda la celda, bajamos por nuestro almuerzo, nos vemos graciosos porque con una mano llevamos la comida y con la otra nos vamos teniendo los pantalones (son muy grandes), más adelante voy a hablar de esto.

Antes de cada comida hacemos oración, todos queremos hacer oración, eso es muy bueno, pero me preocupa que muy pocas veces o quizás nunca oramos por nuestras familias, pues son los que están tomando la peor parte de esta pesadilla, hasta parece que ya se olvidaron de ellos, yo les insisto que debemos orar por nuestras familias, me dicen que sí pero luego se les olvida.

Terminamos de comer y empezamos a limpiar, al final les pedí que cada uno me anotara con su puño y letra lo que había hecho (de limpieza), la lista quedó así:

–Fernando (Piporro); barrió.

–Rogelio, el Muchachón; limpió ventanas.

–Gr2egor2 a. p. (el Polaco); limpió mesas.

–Francis g; yo limpié algunas ventanas.

–Sergio; limpió una mesa (es muy haragán).

–Antonio; yo limpié ventanas.

–Adrián; yo limpié las ventanas de afuera.

–Bryan; *swept downstairs, son, wiped windows and phones.*

–Bama; *cleaned showers.*

–Pat; *outside showers.*

–Urbina; limpié los lavabos y aprendí los números en hindú hasta el diez.

–Fred; *did Windows and sweep.*

–Próspero; este domingo me tocó trapear los pisos.

–Héctor R.; limpié las regaderas limpieza total,

Leopoldo; puse espray en las ventanas.

Abel Pacheco; lavé las paredes de las duchas.

Juan A.; limpié las ventanas.

Después que terminamos les pedí que por favor me escribieran algo muy personal para poder incluirlo en este libro, algunos me dijeron que sí pero no lo hicieron y otros empezaron de inmediato.

Próspero: Llegué un día 10 de enero a la cárcel asustado porque pensé que ya no volvería a ver a mi familia.

Cuando uno llega nota en las miradas de los compañeros como que dicen: "Mira ya llegó otro, parece que hasta se ponen contentos porque llegó uno más".

Mi corte estaba programada en veinte días, pero por efectos del clima me la pospusieron para doce días más, me sentí muy mal al ver como pasaban los días y algunas personas se iban con sus familias, otras eran deportadas, también había americanos que cometieron crímenes, ellos no saben lo que tienen y lo que otra gente daría por tener su estatus legal.

Fernando: El día 11 de febrero del 2018 en la mañana tengo corte, espero que el juez me permita regresar a ver a mi familia, mi hija que apenas tiene un mes de nacida.

El secreto para no volverse loco de desesperación es: no contar los días.

Lo bueno que me llevo de esta mala experiencia es que me acerqué más a Dios, que compartí con gente muy buena, que espero encontrármelos allá afuera. f. l. m.

Francis G.: En el rostro de los hermanos que estaban en el culto se reflejaba la presencia del Espíritu Santo, ellos estaban felices escuchando la palabra de Dios.

Yo Salí de mi país, Honduras en el 2016 con dos de mis niños (Edgardo y Yulit), son sus nombres.

En este país, las leyes nos dividen, Dios me dio a mi esposa aquí y nos regaló un bebé, lamentablemente de nuevo estas leyes me separaron de ellos. Salí de mi país para salvar mi vida y la de mis dos hijos, ahora me quieren mandar de regreso sin importarles que allá me quieren quitar la vida.

Muchos en mi país: Padres, hermanos, esposa e hijos dependen de uno, pero este gobierno en realidad no conoce de Dios, son injustos al separar las familias.

Yo soy una persona que lucha continuamente para sostener a su familia, tengo mucha fe que el Señor nos va a reunir nuevamente, creo firmemente que Dios no permitirá que nos separen, mi vida la cambió mi señor Jesucristo.

Temo llegar a mi país porque como ya dije, me esperan para quitarme la vida, este gobierno no toma en cuenta mi situación, yo doy mi vida por mi familia, me duele mucho esta separación, yo pregunto a las autoridades: ¿por qué son tan crueles? Francis G.

Les pregunté de a uno por uno, si tuvieras enfrente a un político de aquí de USA, ¿qué le pedirías o qué le dirías?, estas fueron algunas respuestas:

Les diría que porque no son más humanos. Porque cuando mi problema se vuelve tu problema en tu familia, es cuando sí eres humano o sí tienes corazón.

Mi problema es ser inmigrante, aunque no debería ser un problema, mucho menos un criminal, es un acto de sobrevivencia humana, el cual los Estados Unidos de América y muchos países, lo tratan como crimen.

Más humanidad, más atención a los casos de cada uno.

Raúl (planta baja): que pongan un oasis de agua caliente y agua fría, caliente para hacer mi café, y que yo pueda salir pronto de aquí.

Le pediría que me ayude a salir de aquí.

Quiero que venga y se dé cuenta de las injusticias que vivimos los detenidos por (ICE) y que analicen más los casos de los que estamos en custodia.

Yo le pido principalmente a este gobierno que tenga corazón, que nos regrese con nuestras familias, mis hijas y mi esposa.

Personalmente me gustaron sus respuestas porque nadie dijo algo grosero o feo, ni siquiera se enojaron, todos hablaron de las injusticias que cometen algunos jueces al deportar a personas sin revisar bien sus casos, incluso a algunos son enviados directamente a la muerte.

Les hice la siguiente pregunta: ¿Qué soy aquí (en la cárcel) para los políticos?, las respuestas fueron:

–Un animal.

–Uno más.

–Soy un juguete político.

–Nada.

EL INJUSTO AMERICA

VENTA DEL LIBRO

a partir de Septiembre del 2020, en las
principales librerias

Amazon, Apple Itunes, Barnes & Noble,
Google Play y mas...

—Un alient.

—Un esclavo.

—Mano de obra barata.

—Nada, un cero ala izquierda.

—Para muchos de ellos somos los peores criminales, solo por ser ilegales.

—Legal human trafficking.

Son las 1:50 p. m., nos encierran en nuestras celdas, se ven los preparativos para una actividad religiosa, me cuentan que será en inglés, será en la parte de abajo y que solo pueden participar los que se inscribieron, comienzan a llegar, como que quieren venir, o como que no quieren venir, parece como si los obligaran, así los veo (que ánimo el que traen), unos cuatro o cinco hispanos son los primeros en llegar, mientras los demás en nuestras celdas encerrados mirando por las ventanas tratando de entender algo de lo que dicen, pero como es en inglés, casi no se oye, un hombre y una mujer morenos son los pastores, llegan de otras celdas con otros colores de uniformes, vienen algunos que trabajan en la cocina, y ahora el señor (pastor) empieza a predicar.

En la parte de atrás de la camisa del pastor dice: "Crc3". Veo en las celdas a todos los compañeros, frente a las ventanas poniendo mucha atención tratando de entender lo que dicen, y una vez más, los veo como ovejas sin su pastor, sus rostros haciendo grandes esfuerzos por esconder algo en sus sonrisas obligadas, sus oraciones temporales, sus esperanzas cansadas, su consuelo partido.

Un Dios de emergencias.
Personalmente pienso que aquí todos tenemos un Dios de emergencia, pienso que cuando salgamos de aquí no volveremos a pisar una iglesia, buscamos un Dios solo para el momento, bueno, yo prefiero

que este tema lo tratemos con más detalles en otro momento, cuando tratemos el tema de la fe, y espero que lo que aquí escribo no me lo mal interpreten pues mi intención no es juzgar a nadie.

Fui abajo y quise hablar con un joven americano, blanco, pero me hizo una cara que no se imaginan, me dijo que no quería ningún problema (claro en inglés).

Una vez más nos piden que debemos regresar a nuestras celdas, mientras voy caminando veo diferentes compañeros en sus celdas, veo sus rostros de desesperación, puedo asegurar que sonríen por fuera, pero lloran por dentro.

Regresamos a nuestras celdas, pues ya va a ser hora de la cena, esta es la parte que más me gusta del día (la hora de comer).

A cada instante veo en mis compañeros los enormes esfuerzos por no llorar, quisiera poder ayudarles, pero no puedo, me siento inútil, quisiera hacer mucho por ellos, pero luego me recuerdo que yo también estoy en su misma situación, me siento atado de pies y manos, no sé ni cómo describir el desaliento y la angustia que se siente entre nosotros y los enormes esfuerzos que hacemos por esconderlo.

Hay algo que me gusta de este lugar, yo tenía un concepto diferente y es que en los días que llevo en este lugar no he escuchado que a alguien se le haya perdido algo, eso me gusta porque yo tenía un concepto totalmente diferente, todos nos cuidamos las cosas, nos ayudamos en el quehacer, esto que ahora estoy pasando lo estoy comparando con un retiro espiritual, pues solo en dos lugares he visto tanto deseo por hacer algo por el prójimo: en la iglesia y en la cárcel, digo en la iglesia porque cuando salimos de ella somos otra cosa, bueno pero de eso hablaremos en otro momento.

Cuando bajé me encontré con el joven Brayan, de Guatemala, le hice algunas preguntas del chino, porque me gustaría hablar con él, pero creo que anda de mal humor, solo me dijo que el chino no habla inglés ni español, que eso será muy difícil, que el chino está aquí por problemas de inmigración.

Regreso a mi celda y veo a algunos sentados, callados con su cara hacia abajo, me paro en medio de ellos y les doy ánimo, es más desde ahora le prometo a Dios que siempre que vea a alguien así de su ánimo (aquí en la cárcel) le voy a hacer una pequeña broma para tratar de animarlo un poco.

Cuando los aliento, les digo que debemos seguir adelante, que nuestros hijos y nuestras esposas nos necesitan, que nos esperan en casa y que es una enorme razón para seguir adelante.

Y una vez más se desata el problema de la TV, el joven moreno esconde el control, siempre tiene el control de la TV y un control de una Tablet (son dos Tablet y un TV), ellos quieren ver sus programas (en inglés), y nosotros queremos ver los nuestros(en español), cuando la situación se puso más tensa, me fui para abajo y me puse a caminar, no caminé en círculo como lo hacen los demás, lo hice a propósito de caminar por entre medio de las mesas o en forma diferente como lo hacen los demás, pero muy pronto los demás me empezaron a decir que no era la forma correcta de hacerlo, luego empecé a recordar lo que mi amigo, el director de la diócesis de Cleveland Ohio me había dicho: "¿Para dónde va Vicente?, para dónde va toda la gente", pues no yo no debo ir para donde va toda la gente, yo debo ir donde yo quiero ir, pues hoy en día la gente no va donde quiere ir, sino donde la llevan.

A veces me pongo a hablar con algunos compañeros, observo en ellos mucha ignorancia, me preocupo mucho por esa gran falta de conocimiento de mucha gente que no quiere educarse, que ya se acomodó tanto en esa ignorancia que hablarle de conocimiento es como ofenderlo, te ven como loco y hasta te ignoran, las cadenas más difíciles de romper son las cadenas de la ignorancia.

Regresé a mi celda, me puse a escribir (ya pasó el problema) en la mesa como siempre, y como está cerca del teléfono oigo cuán enorme es el esfuerzo que hacemos por no llorar, cuando hablamos con nuestros seres queridos.

Llegó mi amigo Próspero, se ve un poco decepcionado, dice que vino el padre de su parroquia a visitarlo, que hablaron por un buen rato, pero que en ningún momento le dijo palabras de aliento, ni lo animó, dice: "Ni de mi familia sabe nada", yo le reprocho: "Pero entonces... ¿a qué vino?", solo falta que te haya venido cobrar las ofrendas que no has dado por estar preso.

Tú en cambio, si algún día vienes a visitar a alguien aquí (algún lugar como este), quien sea, por favor dales ánimo, apoyo, intenta subirle su autoestima, dile que su familia está bien, miéntele si es necesario, pero anímalo. Si no traes una actitud positiva, por favor no vengas, no te necesitamos, no te preocupes, aquí todo está bien y está mejor si no vienes.

Me quedo mirando a los americanos, los observo bien, o sea, que su ropa está a la medida, no está rota, sus chanclas hasta parecen nuevas, sobre todo su ropa nueva y a la medida todo, mientras nosotros (los hispanos), andamos como si fuéramos locos, con los pantalones caídos o deteniéndolos, las camisas todas rotas, las chanclas rotas, casi en todo miramos la discriminación que nos hacen.

Cuando bajamos por nuestra comida y venimos de regreso, venimos con una mano en la comida y la otra mano deteniéndonos el pantalón, a veces se ponen a burlarse de nosotros, pero eso a nosotros ya no nos importa, ya lo superamos.

Cuando llegamos no nos preguntan cuál es tu talla, simplemente te tiran la ropa sin importar qué talla eres, solo te dicen: "Rápido, rápido".

Ahora llaman a las personas que toman medicina, tienen que bajar por ella, deben traer su vasito de agua y tomarla frente al guardia para estar seguro qué sí se la tomó.

Empiezan los compañeros a hacer ejercicio en las otras celdas, hasta parece competencia, pero no parece que aquí nadie hace competencia.

Ya podemos bajar, viene el guardia hacer su chequeo de rutina, nos pregunta si todo está bien, nosotros le respondemos que sí, que todo está bien, que muchas gracias.

Créanme, aquí todos decimos gracias, perdón, por favor, discúlpame, etc., en los días que llevo en esta prisión no he escuchado ni una mala palabra, wooooo, cuando salga de esta cárcel, creo que me van a decir: San Abel.

Bajé y conocí a Manuel, es de Ecuador, tiene más o menos 30 años, me es un poco difícil en tenderle porque habla muy rápido, pero le entiendo que está muy decepcionado de haber venido a USA, y muy furioso, porque no había tenido nunca problemas en este país, platica que llegó hace veinte años, se ha dedicado solo a trabajar, que nunca tomó un solo día para descansar y que así es como le pagan, dice que los americanos son mal agradecidos, que después de veinte años de puro trabajo lo arrestan y lo tratan muy mal, como a un perro, por esa razón ya no quiere estar aquí, quiere irse ya para su país.

Está muy molesto porque cuando le pidieron que firmara su salida voluntaria, le ofrecieron que si él hacía eso, solo esperaría unos pocos días y luego él estaría en casa (en Ecuador), de eso ya hace unas cuatro o cinco semanas y sigue aquí, me platica que no tiene familia en USA, y que tambión ya ha perdido mucho dinero en compras, que no las ha recibido, este detalle ya lo hemos visto antes con otros compañeros, ya son varios compañeros que se quejan de esta forma de engaño o robo como ellos dicen.

Manuel me dice que no iba ni a la iglesia por amor al trabajo, está muy resentido.

Le pregunto por las mujeres de su vida, o sea amores, comenta que ha tenido muy mala suerte, que solamente encontró mujeres con muchos vicios, no querían trabajar, solo le miraban la cartera, que por eso decidió mantenerse solo, y no conoció hijos.

A Manuel apenas lo trajeron ayer, se mantiene separado de nosotros, se ve muy enojado, como un toro mirando a su matador, sobre todo cuando se le acerca un americano y más cuando es un guardia.

Desde mi ventana veo las parejas caminar en círculo, hablando como si fueran novios de mis tiempos, caminando por el parque, tratando de conquistarse, la diferencia de esta situación es que sonreímos por fuera, pero lloramos por dentro, contando los días que pasan y no quieren pasar, haciendo grandes esfuerzos por esconder esa melancolía, ese vacío tan grande que traemos dentro, ese terrible deseo de estar junto a aquellos a quienes amamos tanto, nuestras familias.

Me pregunto: si nos dicen que la familia es el núcleo central de la sociedad, de la iglesia, de la vida, ¿por qué ese empeño de destruirla, de separarla, de dividirla?, porque eso es lo que parece, si me dicen que la familia es el núcleo central de la iglesia, ¿por qué la iglesia no está haciendo nada?

Hasta ahora entiendo, porque dicen que lo más caro que tengo es mi libertad.

Hoy miré al joven moreno hablar por teléfono, hacía enormes esfuerzos para que no lo viéramos llorar, lo que pasa es que mi cama y la mesa donde me pongo a escribir están muy cerca al teléfono, y aunque no lo quiera escucho lo que dicen, trato de hacerles creer que no escucho nada para no hacerlos sentir mal, a pesar de que él no se lleva con nosotros, aun así, sentimos su pena, y lo ayudamos cuando es necesario.

Los teléfonos se nos vuelven un problema, a pesar de que hay dos por celda se nos hace difícil, debemos hacer cola, algunos tienen como una adicción al teléfono, no lo quieren soltar, se la pasan días enteros intentando localizar a los amigos que dejaron allá afuera con la intención de conseguir algún tipo de ayuda... ayuda que nunca llega.

En estos momentos es donde conoces a los verdaderos amigos, bueno si es que los tienes. Me da lástima, y un poco de coraje al mirar los enormes esfuerzos que hacen los compañeros por localizar a sus "amigos", cuando por fin logran localizar alguno, les salen con tantas cosas que terminan con que no pueden ayudar.

Estoy en la mesa con mis notas, cuando veo a mi amigo Bama que está en el teléfono, lo escucho hablar con su hija y no puedo dejar de escuchar y ver, los enormes esfuerzos que hace por no llorar, no sé por qué está aquí, pero qué difícil es ver a un hombre llorar por la ausencia de su familia, escuchar que se arrepiente del tiempo que no disfrutó de su familia mientras pudo, dicen por ahí que: "El que no quiere cuando puede no puede cuando quiere", una vez más ese dicho se cumple.

Bama es un amigo o compañero americano que no habla español, pero ya está aprendiendo.

Ahora estamos esperando que venga el guardia a su rutina, viene a esta hora, revisa muy bien la celda, luego nos cuenta y nos pregunta si todo está bien, cada uno se para justo a la par de su cama, revisa que no haya tirado nada en el piso, que no haya nada que tape las cámaras, etc. Después de esta rutina, empiezan a tratar de dibujarme el baño.

Amanece un nuevo día, lunes, allá afuera cuando llega el lunes, llegamos al trabajo medios dormidos, algunos crudos, algunos no llegan, y los que llegan, llegan renegando, pero aquí todo es diferente, el día lunes significa: esperanza, es el día que se reinstauran las cortes, este día desde muy temprano, nos paramos a bañarnos, a cambiarnos, a mirar quiénes van a corte, para desearles buena suerte, pero sobre todo, a hacer oración por los que van a corte.

Ahora, una vez más quiero escribir sobre las tablets, yo muy poco entendía sobre estas cosas pues no soy muy bueno con la tecnología, pero resulta que allí en ese pequeño aparatito abren una cuenta en efectivo, cuando eso pasa, desde afuera te pueden enviar fotos y mensajes (bueno eso es lo que me dicen), a pesar que es muy caro, pero puedes comunicarte con los tuyos, dicen que les cobran a tres dólares el minuto, hasta ahora entiendo por qué algunos de ellos se acuestan, se arropan de pies a cabeza con la Tablet en su pecho, algunas veces escucho que la andan ofreciendo, pero porque ya se están descargando (la batería), pienso que el estar aquí, ver fotos de tu familia, o ver mensajes no ayuda mucho, sino que empeora la situación psicológica, en lo personal pienso que mientras esté en este lugar, no debo usar eso pues no sé cómo pueda soportarlo o me vuelva loco, también quiero comentarles que con las tabletas hacemos nuestras compras, que pueden ser cosas de comida o de uso personal, que por cierto, todo está muy caro.

Es muy temprano, solo puedo escribir con una luz que siempre queda encendida en el baño, se abren las puertas de la celda y viene el guardia a ser su chequeo de rutina, pero a esta hora en silencio, primero me dice buenos días (en inglés), checa los baños, como soy el único que no está en su cama me hace señas que si soy yo el de la cama que falta, yo muevo mi cabeza y le digo que sí, él feliz me mira y me hace señas que todo está bien que puedo continuar.

Puedo mirar hacia abajo, está oscuro, pero ya están algunos americanos, y a mí no me dejan bajar para aprovechar la luz de la guardia para escribir, ya les he pedido permiso para poder bajar pero me han dicho que no, pienso que esta es otra forma de discriminación, o tal vez haya algo que no quieren que vea, y solo a esa hora pasa o a esa hora lo hacen, a nosotros a esta hora, no nos dejan ni llegar a las escaleras, porque de inmediato nos llaman por el altavoz para amenazarnos con castigo si no regresamos a nuestra celda, luego llaman a los que les dan medicina, empiezan a hacer fila, una enfermera los atiende, el policía muy cerca de la enfermera, pienso que la enfermera teme por su seguridad, por eso el policía se mantiene junto a ella, también el policía se asegura que se tomen su medicamento pues les pide que abran su boca para asegurarse.

A esta hora ya puedo bajar y estarme muy quietecito frente al guardia (ya estoy aquí), pasan junto a mí, me saludan, me regalan una sonrisa, por cierto, muy obligada, pues lo dicen sus gestos, por fuera dicen: "Estoy muy bien", pero por dentro dicen: "Qué te importa".

En lo personal pienso que esta es una aventura muy bonita aunque muy triste, pero este es un excelente lugar para aprender de nuestros errores, no me importa el tiempo que esté aquí, para mí, esto fue como un retiro espiritual, solo le pido a Dios todos los días por mi familia, pues estoy seguro que son ellos los que están sacando la peor parte, yo sé cuánto están sufriendo la ausencia de su padre, pues yo soy muy juguetón con ellos, eso es lo que también a mí me hace extrañarlos más (mis hijos), sé que mis hijos me extrañan tanto como yo a ellos, también debo confesar que extraño mucho a Kenia (la mujer, la dueña de mi corazón), a mis hermanos, a mis compañeros de trabajo, a los hermanos de la iglesia, etc., así también pienso que mis compañeros también son padres de familia, hermanos, esposos, amigos, hijos, y a todos ellos alguien los extraña como ellos los extrañan y alguien los espera en casa, como a mí, no solo me aman y me extrañan, sino que sobre todo están haciendo oración por mí y también haciendo trabajo duro para reunir dinero para mi fianza, quisiera poder transmitirles esta esperanza, esta fe tan grande que siento, primero en Dios y luego en mi bella amada y bendecida familia, amigos, y compañeros de trabajo.

Al escribir estas frases me pongo melancólico, pero me aguanto como todos, son las 8:20 a. m. y me preocupa que algunos me dijeron que ahora tenían corte a las 9:00 a. m., a veces pienso que eso fue lo que nos trajo aquí, nuestra falta de responsabilidad, ese mal hábito nos está trayendo muchos problemas, pasa un rato más, ya son las 9 y apenas veo que se están levantando, empiezan a pedirnos que por favor oremos por ellos, fue casi una sorpresa porque son algunos de los que estudian la Biblia con nosotros, ay Dios, no sé si orar para que salgan o para que se queden, pues ya me siento encariñado con ellos, algunos desde arriba de la celda les hacen señas a otras celdas para que oren por ellos, ahora estoy muy cerca de uno de ellos, escucho lo que le dicen, le decimos tantas cosas que estoy seguro que se va totalmente santificado, hasta lo pusimos de rodillas, algo que algunos ni en la iglesia lo hacemos, se me vienen las lágrimas como a muchos, la piel se me enchina, no sé si es el poder de Dios o es nuestra mente que una vez más nos engaña, no es que yo dude del poder de Dios (nunca), sino que ya he visto esta escena, o sea que terminamos con no aceptar la voluntad de Dios, siempre queremos que sea Dios quien acepte nuestra propia voluntad.

Creo que ya les hablé del caso de Ricardo, él estudiaba con nosotros la Biblia, era muy activo en las oraciones, ya hasta se sabía el rosario, pero toda su "fe" murió cuando fue a la corte.

Los que ahora van a la corte son los que me dieron la bienvenida aquí, los que me enseñaron a hacer mi cama, a usar el baño, etc., ahora solo me resta desearles buena suerte, orar por ellos para que salgan lo más pronto de aquí y puedan reencontrarse con sus bellas y angustiadas familias, ahora observo que están registrando al grupo (para que no lleven nada ni traigan nada), pues los registran también cuando regresan, se ven muy felices, esperemos que todos vuelvan con ese ánimo.

Bueno, aquí en nuestra celda ya empezaron a asegurarse de las tabletas, los teléfonos, hasta el control de la televisión, una vez más se cumple el dicho que dice: "El que madruga encuentra un control, o una Tablet, o el teléfono". Bueno yo creo que tomaré un baño es un buen tiempo, pero no estoy muy convencido, pues aquí está muy pero muy frío, es más, eso nunca me ha gustado ja, ja, ja.

Ya puedo ver que bajan muchos compañeros y empieza el círculo, algunos con su vasito de café en la mano, pero no tenemos agua caliente, y algunos hasta soplan el café insinuando que se queman por lo caliente que está, me imagino los temas de los que hablan, cuántos planes hacen o hacemos cuando salgamos de aquí, pero de una cosa estoy muy seguro, por la mañana se nos ve mejor rostro.

Anoche un compañero sacó su Biblia, nos compartió una fracción de ella, el grupo que formamos comentamos que hoy en día ya nadie quiere escuchar, todos queremos hablar, fue poco tiempo pero se ve en ellos ese deseo de hablar, y hablar, a veces hasta tengo miedo que se vayan a pelear, porque hasta se interrumpen y es un solo desorden, total, el único que se calla soy yo, quizás por miedo, pero me quedo con las palabras en la boca, me aguanto, yo creo que este problema no es solo aquí, esto ya es en todo el mundo, hoy en día ya nadie quiere escuchar, todos queremos hablar, aunque solo digamos puras tonterías, pero lo que queremos es hablar, que lástima, yo creo que allí fue donde empezamos a perder lo humano que tuvimos alguna vez, pues en el aquí y ahora eso es lo que menos tenemos (humanidad), y es que ya todos creemos saberlo todo, imaginemos cuántos errores, cuántas injusticias, cuántas personas enviadas directamente a la muerte por algunos jueces al deportarlos, por el simple hecho de creer que lo saben todo, tal vez si erradicamos ese mal hábito, sería la solución para recuperar este mundo malo y perverso que nosotros mismos hemos creado, creo que se debe escribir un libro sobre la importancia de escuchar, e incluir aquí el dicho que dice: "No es más sabio el que más habla, sino el que más escucha", hay personas que hablan mucho y no dicen nada, posiblemente aún encontremos algunas de las que dicen mucho con su silencio.

Ahora recuerdo un caso muy especial, cuando yo dirigía a la Organización de Trabajadores Hispanos Unidos de Detroit, en el grupo había una señora que se llamaba Maricela (no daré más detalles del nombre para evitarme algunos problemas), en una ocasión le pregunté a la señora: "¿Qué color son sus zapatos?", ella me miró, levantó su cabeza, respiró profundo y me dijo: Mis zapatos fueron hechos en china por un grupo de bla, bla, bla, volvía a respirar y seguía, luego de unos cinco a siete minutos, yo haciendo grandes esfuerzos por no dormirme, hey estaba despierto, volvió a respirar y me dijo: "Disculpe, ¿cuál era la pregunta?", hizo una pausa y me dijo: "Déjeme ver mis zapatos, son de color negros", después de eso, cuando ella iba a hablar, yo lo primero que hacía era ponerme bien cómodo, ella era empleada de la unión, era la organizadora.

Debemos volver a adoptar aquel tan bonito habito de escuchar.

Quiero caminar un rato, moverme un poco y así como así empiezo a caminar, nada más que yo camino de forma diferente que los demás, pero muy pronto me empiezan a mirar como a un loco y me invitan a caminar como ellos, pero yo no camino mucho tiempo.

Yo no entiendo por qué mi amigo el Polaco se la pasa acostado en su cama, todo el día arropado de pies a cabeza, pero aquí me están diciendo que en la Tablet su esposa le envía fotos de sus dos hijas pequeñas, que llora mucho debajo de su cobija, de él no sé mucho, casi no le gusta hablar de sí mismo, solo sé que trabaja en la construcción.

Aquí me encontré con un compañero que es de El Salvador, me dice que anda muy preocupado porque hoy le toca ir a corte, pero ya se fueron los compañeros, y a él no lo llamaron, fuimos con el guardia, cuando estuvimos frente a él nos dimos cuenta que nadie de los que fuimos hablaba inglés, nos regresamos a buscar a alguien que hable inglés, le preguntamos al guardia, nos dijo que hoy van a ir a la corte en dos grupos (porque son muchos), que mi amigo va a ir en el segundo grupo, a mi amigo le cambió totalmente el rostro.

Y seguimos aquí, yo estoy esperando que regresen los que fueron a la corte, mientras estoy aquí viene mi cuñado, me habla de las fianzas, que cómo haremos para conseguir, tal cantidad, no tenemos ni la menor idea de cuánto será, lo peor es que a mi pobre Kenia (mi esposa), no le dejé nada, pues tampoco tengo nada, este susto pienso que lo menos que nos puede salir son unos quince mil dólares, ¿de dónde saldrá?, pero yo le doy mucho ánimo a mi cuñado, aunque se le nota que llora mucho; al cabo de un buen rato vienen los que fueron a la corte, unos felices, otros tristes, y otros enojados, empiezo a hablar con ellos de uno en uno, el primero viene enojado porque el mal abogado no llegó a la corte, lo peor es que ya se le pagó, la corte se la pospusieron con facha indefinida, o sea que no sabe cuándo será su próxima corte, estoy sospechando que no tiene abogado, otro que también estaba allí (de metiche), le dice que tenga cuidado, que no vaya a corte sin abogado porque lo pueden deportar.

Luego voy con otro, él me dice que se siente muy decepcionado de su esposa, porque el juez le había propuesto que no lo quiere deportar, que lo quiere ayudar, pues no tiene abogado, porque él está muy joven, aquí se tiene un buen futuro si se lo propone, que no le va a cobrar fianza, pero el único requisito que le pone es que su esposa y sus dos hijas vengan a la corte, que él los quiere ver, el juez quiere saber si es verdad que tiene esas hijas que dice, pero su esposa con sus dos hijas nunca llegaron, casi llora cuando nos cuenta lo decepcionado y deportado que ahora está, pues el juez ya le dio deportación.

Es lamentable que un joven como él, tenga que ser sacado de este país, pues son jóvenes que si se lo proponen pueden hacer grandes cosas, me dice que es de México, que no cree que deba regresar a USA, le pregunto cómo fue que lo agarraron y me dice que fueron hasta su casa para arrestarlo, cree que fue la suegra quien lo delató, pues ellos todos son americanos, incluyendo a sus dos hijas, pues son nacidas aquí (una hija de seis años y una de dos), ahora debo volver a mi celda, pero le dije que si podíamos seguir hablando luego, me dijo que sí que lo busque por aquí. Yo sé que no podrán creerme, pero se me olvidó preguntarle el nombre.

Llegué a la celda y me siento a escribir, pero no puedo, aunque lo intento, pues mi amigo Bama está en el teléfono, está llorando, como la mesa donde me pongo a escribir está muy cerca, aunque yo no lo quiera oigo lo que dicen, escucho en el teléfono la voz de una niña como de ocho a diez años, yo hago enormes esfuerzos por no llorar; cuando cuelga el teléfono, cambia el panorama.

Después de unos minutos, llega a la mesa un compañero que se llama Sergio, ya les he hablado un poco de él, se ha convertido en el payasito de la celda, no lo tomen a mal no es por ofenderlo, pero es que cuando él nos predica o comenta la Biblia dice unas cosas que todos terminamos riéndonos muy fuerte, se pone al igual que nosotros, a veces me parece que hasta lo hace a propósito, recuerdo que un día nos habló de Jonás, después se quedó diciendo: "Pinche Jonás que no hacía caso", su deseo de predicar y su ignorancia se juntan, eso nos parece muy gracioso.

Cuando le pregunto por su familia, se pone melancólico, me dice que él y su esposa tienen tres hijos, que esa mujer sí sabe hacer milagros, que viven aquí, que ella sola está llevando la casa, son muy pobres, su esposa trabaja pero como no le alcanza, pide comida en la iglesia, pues él tiene cuatro meses de estar en prisión, me dice: "Si antes que los dos trabajábamos, nos era difícil, imagínese ahora que trabaja solo ella", me cuenta que hace mucho que no tiene dinero para comprar algo de comer de aquí adentro, que no tiene dinero para un abogado, pero que no quiere regresar para México.

Regreso para buscar a otro de los que fueron a corte, llamé a uno de ellos, se llama Luis, empieza a contarme que su abogado no vino a la corte, por esa causa está muy enojado y triste a la vez, porque le dieron deportación, dice que al abogado, su esposa le pagó 1.500 dólares para que lo representara y no vino a la corte, que él solo no pudo defenderse, quería decirles que el problema que pasó no fue culpa de él, sino del exmarido de su esposa, que llegó a provocarlo hasta donde estaba, "Yo no andaba buscando ningún problema, pero yo también soy humano, y la paciencia, yo no la tengo", luego me dice que si le regalo saldo de teléfono para llamar a su esposa y darle la mala noticia, pues hace mucho tiempo que ya no consigue dinero, le di saldo, lo dejé para que pudiera hablar con su esposa.

De pronto me encontré con otro compañero que también fue a la corte, se llama Pablo, me cuenta que su corte fue muy rápida, tiene un mes de estar aquí, es su primera corte, como no tiene abogado solo le pidió al juez que le diera otra corte para poder conseguir uno, le pregunté si ha hecho algún intento por buscar un abogado de esos que no cobran, pero me dice que eso es solo un cuento, que ya hizo varios intentos y siempre le salen con que se necesita dinero, por eso él no cree en esos abogados, porque tienen tanto trabajo que como uno no les paga, nunca miran las pruebas que uno tiene, platica que ya ha visto algunos casos (cuando estuvo afuera), terminan por deportarlos, debido a la falta de tiempo para revisar los casos.

Me cuenta que tiene un mes de estar en la cárcel, que su hija solo tiene dos meses de nacida, le ruega mucho a Dios para que le permita estar de nuevo con su esposa y su hija aquí en USA.

Regreso a mí celda y una vez más está en el teléfono Bama, hace enormes esfuerzos por no llorar, pero no lo logra, yo me voy de paso para mi cama, me recuesto un rato, pero no puedo dejar de pensar en mi familia que tanto amo, por eso siempre me la paso escribiendo, pues me sirve como una terapia, pienso que cuando regrese a casa, primero Dios, llevaré mucho escrito, tal vez cosas que no me sirvan o tal vez sí, pero escribir me está ayudando mucho psicológicamente.

Si supieran cuánto extraño a mis hijos, a mi esposa, a mis amigos, a mis compañeros de trabajo; al escribir estas letras me aparecen algunas lágrimas, algunos me miran y me preguntan si todo está bien, me dan palabras de aliento para seguir adelante, me dicen que tengo un caso ganable, pues tengo un hijo especial, además he pagado mis impuestos todos los años, tal vez no me cobren fianza, que es solo cuestión de tiempo, o sea, de esperar mi corte. Tal vez tengan la razón, pero mi corazón no entiende eso, mi corazón solo entiende que no estoy con aquellos a quien tanto amo y extraño.

En mis oraciones yo no oro por mí, oro por mi familia, pues estoy seguro que son ellos quienes están sacando la peor parte de esta pesadilla, que muy pronto y con la ayuda de Dios pasará, extraño tanto a mi bebé (Michael), es mi hijo especial, le encanta regalar abrazos.

Quiero decirles que yo también espero con ansias mi corte, ya quisiera irme con mi familia que tanto me espera y me ama, confío en Dios y en mi familia que muy pronto saldré de aquí, no quiero hablar mucho de mí, porque pienso que eso lo puedo hacer en mi casa, primero Dios, quiero aprovechar el tiempo para escribir sobre los demás, tal vez después que me vaya, ya no los volveré a ver, aun cuando algunos ya me han dado sus números de teléfonos, pienso que la mayoría de ellos terminarán regresando a México.

Bajé y me senté en una de las mesas que están aquí abajo, ahora puedo ver y escuchar a las parejas hablándose, contándose sus grandes hazañas, después de algunos minutos ya me siento mareado; me agrada que vienen a saludarme, me hablan de buena fe o al menos eso parece, me gusta pero me asusta, tengo miedo que esto vaya a afectar mi caso, mis compañeros me dicen que no, que continúe adelante, yo les digo que no soy escritor (aún), pero que esa es mi ilusión, ese es mi sueño y algún día lo lograré.

Hay algunos que ya no me ven muy bien y no porque les falle la vista, en realidad no sé por qué. Pienso que algunos me ven como escritor, pero eso a otros les incomoda, por ejemplo: Conocí a mi amigo Brayan, es de Honduras, la primera vez que lo entrevisté le conté que me gustaría ser escritor, hasta me felicitó, me regaló un lápiz, papel para escribir, y me dijo que tenía más, que cuando necesitara que lo buscara, después lo he saludado varias veces, no más me mira y se voltea para otro lado, hace cara de enojado, la vez que hablamos, me dijo que también quería escribir un libro, yo lo animé a hacerlo, le dije que si en algo podía ayudarle con gusto lo haría, creo que ahora me ve como su competencia.

Estando aquí abajo se me acercó un señor como de unos cuarenta a cincuenta años que estudia la Biblia con nosotros, me dijo cosas muy feas de los escritores, parece que su objetivo es ofenderme, me dijo que los escritores son muy malos, feos, sucios, orgullosos, que no creen en Dios, no tienen fe, no tienen sentimientos, o sea que no se van a salvar. Pero no le puse cuidado, solo le dije que sí.

Regresé a mi celda y en la mesa donde yo escribo encontré a varios compañeros hablando de la palabra de Dios, me fui para mi cama y decidí descansar un rato; cuando desperté, observé que vino un nuevo inquilino, después les cuento quién es; me volví a acostar.

Poco después vino Próspero a decirme que mañana se va para su casa, que ya pagaron su fianza, lo felicité y le di las gracias por haberme enseñado varias cosas de aquí cuando llegué, también me dice que le puede llevar cosas a Kenia, pues somos vecinos, pero yo le digo que muchas gracias que no, que cualquier cosa que yo le mande le va a hacer más daño, si puede ir a visitarla que vaya, que la anime, que le diga que estoy muy bien, que no se preocupe, que me cuide a los niños, que ya muy pronto estaremos juntos. Le digo a Próspero que quiero verlo allá afuera, conocer a su familia; ahora no sé si alegrarme o ponerme triste, pues uno aprende a tener aprecio y de verdad que nos va a hacer falta.

A la hora de cenar, todos hacemos oración y todos como siempre pidiendo por nosotros, hasta me parece hipócrita de parte nuestra, porque nunca escucho que oremos por nuestras familias, solo por las cortes, por los jueces, porque los abogados no nos fallen, etc., pero muy pocas veces por nuestros hijos, esposas, hermanos, etc., soy el único que lo menciono y ellos lo aceptan diciendo: "Amén", pero ellos no lo mencionan, a veces me incomoda mucho porque cuando estamos orando, todos queremos que escuchen nuestra oración, pero solo repetimos lo que el anterior dijo: "La corte, los abogados, el fiscal, el juez, etc.", es por eso que pienso que aquí nos volvemos hipócritas, personalistas, y hasta dueños del único Dios que existe, queremos que Dios solo me escuche a mí, que atienda solo mi necesidad.

Después de la cena nos encierran por un buen rato en nuestras celdas, son estos los momentos más difíciles, se siente mucho la presión, nos sentimos como un pez fuera del agua, la celda está abierta pero no podemos salir, si tan solo llegamos a la puerta nos hablan por el alta voz diciendo que debemos quedarnos donde estamos, yo me armé de valor, fui al guardia le dije que si podía quedarme allí junto a él para seguir escribiendo, me dijo que no, que debía regresar a mi celda, pero cuando veo alrededor hay muchos americanos justo allí, como Juan por su casa, le digo al guardia: "Ellos qué o ¿por qué?", me dijo: "Esa es la regla", los americanos se burlaron de mí, pero uno de ellos que hablaba español llego a mí y me dijo muy serio: "Por favor no te metas en líos, no te conviene", todos los hispanos estaban en sus celdas, y pienso: «¿Por qué ellos no?», tal vez solo porque eran americanos, ni modo, regresé a mi celda, mis compañeros me dicen que lo que yo hice es sinónimo de un castigo, porque no podemos decir nada, solo aceptar las reglas que ellos nos pongan, aunque solo haya ido a pedir permiso, el castigo más común es que te lleven al hoyo, a mí ese lugar me da miedo y mucha curiosidad, pero es un riesgo que no debo correr, pero, ¿por qué a los americanos sí?, ¿cómo se puede entender esto?

Llegó el momento en que podemos bajar y bajamos, la noticia corre, dicen que yo reté al guardia, que él tuvo miedo de darme el castigo, el cual me debían dar según mi falta, aunque yo no entiendo cuál es la falta, cuando llego aquí abajo, todos vienen a saludarme y me preguntan: "¿Qué pasó, por qué hiciste eso?", al principio yo no sabía qué era lo que había pasado, pero ellos poco a poco me explicaron que a los guardias no se les puede decir nada, solo: "Sí señor", hasta ahora entiendo cuán humillada tienen a nuestra raza aquí también.

Se puso buena la fiesta, todos quieren hablar conmigo, quieren contarme sus experiencias, yo creo que hasta me ven como un superhéroe, pero yo no lo siento así, me siento como el curita del pueblo que todos se quieren confesar con él, en algunos diez a quince minutos que tenemos de estar aquí ya van dos veces que nos hablan por el altavoz que no nos podemos reunir más de cinco personas, antes decían que solo tres y ahora que no más de cinco, vamos mejorando, por un rato nos cambió el rostro, pero luego empiezo a ver en ellos ese rostro de desesperación, coraje, tristeza, poco ánimo, los miro y pienso en sus familias, cómo estarán sus hijos, sus esposas, sus padres, etc.

Regreso a mi celda; wooo, Dios mío el hindú está llorando, se me parte el alma, pero entre todos lo consolamos, nos cuenta que desde hace cuatro meses que está aquí, desde entonces no sabe nada de su familia, ni su familia de él; se llama: Patrik, es de la India, dice que es ingeniero mecánico, siempre llora a escondidas, nos pide que por favor oremos por él, siempre está en constante oración, aunque no le entendemos pero sabemos que él está en oración, pues ora en su idioma y muy rápido.

Ahora vamos a empezar a prepararnos una deliciosa y bendecida cena, una sopa instantánea hecha con nuestras propias manos, antes de eso hacemos oración, hasta los americanos hacen su oración unidos a nosotros, al final dicen estar muy agradecidos con Dios y con nosotros por darles tan bellas lecciones.

Hace unos dos o tres días se fue un compañero de celda, era el más joven (dieciséis o diecisiete años), de tres hermanos que trajeron aquí. Ellos querían mucho a Bama, uno le enseñaba inglés, el otro le enseñaba español; Bama lloró mucho por aquel joven (cuando él se fue), decía que ese joven era su hijo, yo no lo vi, pero aquí los compañeros me comentaban de los otros dos, dicen que a los tres les pedían: quince mil dólares de fianza por cada uno de ellos, el más joven fue el último en ser deportado.

Ahora se fue uno de nuestra celda: Adrián fue uno de mis mejores amigos aquí, hablaba mucho inglés, siempre se ofrecía para ayudar, sobre todo si era de interpretar, además estaba en constante oración, siempre nos hacía bromas para hacernos reír, él también me enseñó a tender mi cama, a usar el baño, cómo bañarse, etc. Me platicó que su agente de deportación siempre quiso deportarlo, desde que le dieron el caso ella (porque era mujer) puso su archivo por ahí y nunca lo vio, hasta que llegó la fecha en que él sería removido de este país.

Vine aquí abajo, y hablé con Pedro, es de Honduras, un muchacho que acaba de llegar, me cuenta que ya tiene varios meses de andar de cárcel en cárcel, está desesperado, no entiende por qué no lo mandan para su país, pues no tiene mal récord, pero me cuenta que el primer día que lo arrestaron el oficial lo amenazó, tanto que mejor pidió irse, esta autoridad le prometió que solo estaría unos pocos días aquí, pero ya lleva varios meses, por esta razón está desesperado, me cuenta viene actualmente de la cárcel de Monroe, allí estuvo con puros morenos, que lo trataban mal, como no podía hablar inglés bien, eso hacía más difícil su estancia a ese lugar, me cuenta que toda la comida que compró, los morenos se la quitaban por la fuerza, había uno que lo amenazaba, lo iba a abusar sexualmente, pero no logró concretar su amenaza.

Ahora nos piden que debemos regresar a nuestras celdas, veo las caras que hacemos, hasta nos cambia el rostro, sonrientes por fuera, pero por dentro muy destrozados, sus corazones tristes, sus risas obligadas, algunos se quedan en el círculo, continúan con sus historias contadas por muchas veces, algunos se ríen, quedan a punto de llorar, pero no se atreven, pues somos muy buenos para esconder los sentimientos.

Son las 6:15 a. m., inicia el día martes, ya desayunamos, ahora hay un guardia joven, gordo, que no le hace amistad a nadie, se ve enojado, serio, dicen que es muy orgulloso, los compañeros uno a uno se regresan a sus camas, luego apagan las luces como diciendo: "Vuélvanse a dormir", nos encierran con llave, vuelve un total silencio y aquí estamos como niños bien portados, silencio riguroso, muy quietecitos, nos acostamos y no a dormir, sino a pensar, a llenarnos la cabeza de soluciones, de cómo salir de aquí y sobre todo a soñar, con grandes cosas que haremos cuando salgamos de aquí, también abrazamos a nuestras familias, llenamos de besos a nuestra esposa, a nuestros hijos, les decimos tantas cosas que antes no tuvimos tiempo o por el simple hecho de no estar acostumbrados a hacerlo.

A veces les pregunto: "¿Cuándo fue la última vez que le dijiste a tu esposa que la amabas?", la mayor parte de ellos solo agachan la cabeza y la mueven diciendo no, les pregunto: "¿Jugabas con tus hijos?", lo mismo, agachan la cabeza, uno que otro me dice que algunas veces, empiezan a prometerme que al salir de aquí lo van a hacer, les digo que a mí no deben prometerme nada, que a la única persona a la que no se le puede mentir es a uno mismo.

Siento mucha compasión por ellos, pero me incomoda que cuando les digo que debemos educarnos se enojan, me dicen que para eso leemos la Biblia, les doy la razón, pero también les doy algunos títulos de libros que nos pueden ayudar, muchos callan, pero otros opinan que basta con leer la Biblia.

Bajé y aquí estaba esperándome el señor que me dijo cosas feas de los escritores, al principio le tuve miedo, pero solo quería que escuchara su historia, para que la agregara en mi futuro libro, de inmediato le pedí que por favor se sentara junto a mí, pronto empezó a contarme la difícil situación que su familia estaba pasando, la pobreza en que ha dejado a su esposa y sus tres hijos (dos niñas y un niño), su esposa no trabaja, solo cuida de ellos, de inmediato me recordé de la excompañera de trabajo de mi esposa, la cual se le quemó su casa con sus dos hijos, bueno pero esa historia se las contaré más adelante, me cuenta que su padre vive en México, pero tiene cáncer, está en una etapa terminal desahuciado, él cree que se está volviendo loco, no sabe si debe quedarse o irse a México, en verdad yo no quisiera estar en sus zapatos, es muy duro verlo llorar, me pide por favor, si se va a México, que vaya a su casa ubicada en la ciudad de Livonia, me dio su dirección completa, para que ayude a su esposa con sus hijos mientras él regresa, me dijo que dejó un carro, que lo vendamos para que su esposa se pueda ayudar en algo por algunos días, le informaron que de una iglesia ya les están ayudando, pero no sabe por cuánto tiempo será, con cuánto o qué tipo de ayuda les dan, pues tiene varias semanas que no habla con su esposa por falta de dinero, también me pide que si puedo mandarle algo de dinero para México, aunque sea poco para seguir comprando la medicina de su padre, así poder calmarle su dolor, su madre ya es muy mayor, por lo cual también deben cuidar de ella, su familia en México es muy pobre, gran parte de los gastos de la enfermedad de su padre ha salido de su bolsillo, esta es una de las historias más tristes que he escuchado.

Ahora me dirijo a mi celda a ver cuánto tengo de saldo para darle, vine muy rápido y le dije: "Quiero verlo hablar con su esposa ya", no se aguantó y se echó a llorar y me abrazó, con mucha suerte que el teléfono de su celda estaba solo, creo que también a mí se me nota que he llorado, me iré a descansar un rato a la celda.

Traté de descansar, me recosté unos momentos, pero mi deseo es estar aquí, al pie del cañón, sentado a la mesa donde siempre, buscando algo para escribir, todos aún duermen, uno que otro se levanta, viene al baño y me saluda, en silencio me dice buenos días, muy en silencio, y otros no me hablan, solo me tocan la espalda y me hacen señas que todo está muy bien, que siga, como solo yo estoy despierto me siento como su centinela, observo por la ventana que ya hay varios americanos caminando en círculo, son todos americanos blancos, todos traen su cafecito muy caliente, se me hace agua la boca por uno, pero con agua muy caliente como ellos, se ve como le soplan porque está muy caliente, en mi celda no tenemos ni agua tibia para bañarnos, lo raro es que solo americanos blancos toman café así de calentito, quisiera atreverme a pedirles un poquito, pero no se ven muy amigables. Bueno, ya dejémonos de antojos, pues eso es aquí un antojo, ya parezco como señora embarazada, yo creo que por no tomar un café caliente me voy a morir, lo mejor sería olvidar o ignorar lo que estoy viendo. Bueno, ya pasó un largo rato, voy a bajar y me puse frente al guardia a escribir, pero me da miedo porque el guardia me mira, hasta trata de ver qué es lo que escribo, pienso que me puede afectar cuando vaya a la corte, es miedo, no lo podemos negar, ruego a Dios que en esta corte el cuñado y yo podamos salir de aquí, pues este no es un buen lugar para nosotros.

Allí viene mi amigo Bama, con su vaso de no sé qué, una sola vez pude ver lo que tomaba, yo hubiera jurado que era cerveza, después no ha dejado que nadie mire lo que trae tomando en su vaso, total a mí que me importa lo que él tome.

Bajó Fernando, empezó a caminar y camina como zombi, cuando pasó cerca de mí le dije: "Despierta zombi", me miró y con su cabeza dijo que no, le dije que si no lo hacía le iba a echar agua, me dijo que sí, pero agua bien caliente en un vaso grande con cinco de azúcar y tres de café, para llevar por favor.

Qué difícil es la vida, pero tan bella a la vez, a mí me ha dado tantas cosas bellas, también me ha dado cosas malas, pero yo de ellas no me acuerdo, por eso digo que debemos seguir, debemos vivir.

Son las 9:30 a. m., nos vino una buena noticia, nos llegó una esperanza, Dios nos volteó a ver, ¿por qué tanto alboroto?, es porque nos llegaron las compras, nos llegó la despensa, vino la comida y una vez más nos cambia el rostro, hicimos fiesta, me acordé cuando les digo a mis hijos que vamos para Kalahari (parque acuático) o a acampar, se me vuelven locos; tomamos café, frío pero ni modo, compartimos galletas.

Cuando bajé hoy, me entrevisté con Bernardo, vino anoche, es de Cuba, me dice que no sabe por qué está aquí, dice que tiene tres hijos, dos en Cuba y uno en Venezuela, me platica que hace unos meses un vecino le dijo: "Vecino, por favor, ¿podría cuidarme estas plantas? (arbolitos), mi perro las arranca y las destruye", él contestó: "Sí vecino, yo se las cuido, pero solo por un corto tiempo", al cabo de unos meses vino la policía, lo arrestó, se llevó los arbolitos, pero él no sé por qué lo trajeron. Parece muy ingenuo, pero eso fue lo que me dijo (¿de qué serían esos arbolitos?), me parece muy gracioso.

Nos mandan a nuestras celdas, ya será hora del almuerzo, cuando nos disponíamos a hacer la oración de los alimentos un compañero al cual le decimos "Pelón" nos dio la sorpresa que en ese preciso momento se marchaba para su casa, wooo que bonita sorpresa, nos sentimos muy felices con él, lo felicitamos, lo abrazamos, nos hizo la oración de los alimentos, dio las gracias por quedar en su tan anhelada libertad, luego se despidió y se fue, o sea que almorzamos un poco melancólicos.

Cuando habíamos terminado de comer, vino el guardia, nos reunió en la celda, nos dijo que ayer y hoy uno de todos había comido dos veces, que si lo descubrían lo iban a castigar, que estábamos advertidos, eso nos asustó, pero luego que se fue empezamos a hacer bromas de quién comió dos veces, después de comer nos mantienen un buen rato aquí en nuestras celdas, aparece Patrik (el Hindú), él ayer y hoy no ha comido nada, solo baja, trae su comida, la regala y vuelve a acostarse, tiene sus ojos muy rojos e hinchados, pienso que de tanto llorar, nosotros tratamos de motivarlo para que coma, que se anime un poco pues nos preocupa su actitud, su estado de ánimo, por un momento estuvo aquí con nosotros, pero cuando pudimos salir él regresó a su cama.

Hoy que bajamos, llegó una señora americana blanca, vino a buscar a un señor moreno que está en la celda con nosotros, trae papeles, creo que es abogada, ella toma dos sillas y una mesa, las separa del grupo, se sientan y empiezan a hablar, se toman el tiempo que ellos quieren; quiero hacer énfasis en esto porque hace unos días vino mi abogada y no nos dieron mucho tiempo para hablar, todo fue tan rápido que quedé sorprendido, hay un teléfono donde ellos llaman para decirte que ya tu tiempo se acabó, que debes irte (a los abogados), les pregunto: "¿Por qué?", los compañeros me dicen que los americanos son los únicos que pueden hacer eso, y no estamos hablando de cualquier visita: un hermano, un primo, tu esposa, etc., no hablamos de nuestros abogados, alguien que está obligado a venir, no a saludarte, sino viene a traer información muy valiosa para poder ayudarte, pero así es el sistema, un sistema que dicen que nunca ha funcionado, al final es el sistema.

Hoy quiero contarles de un amigo y compañero, su nombre es Gr2egor2, le decimos Gregorio, es de un país que se llama Polonia, así es como escriben su nombre, o al menos eso es lo que nos dice, nosotros no conocemos de su cultura, su idioma o su forma de escribir, nos platica que tiene dos hijas, está aquí, pues de una mala forma te enseña a valorar lo que tienes, lo que eres y esperemos que no sea temporal, pues pienso que cuando estamos allá afuera vamos a olvidar todo lo que aquí le prometimos a Dios, a nuestras familias, a los compañeros.

Ahora nos piden (por el altavoz) que debemos permanecer en nuestras celdas y los que están fuera deben regresar a ella, lo que pasa es que ya empiezan los preparativos para la cena, unos minutos después bajamos en fila y ordenados para traer la comida, antes de comer hacemos oración, me preocupa el tipo de oración que hacemos, pues es muy poco dar las gracias solo de las cortes, por salir de aquí, sé que no es malo, para eso oramos a cada rato, pero de dar gracias y de orar por nuestras familias me parece que ya nos olvidamos de nuestros seres queridos, solo pensamos en nosotros.

Terminamos de comer y nos quedamos aquí en la celda, no porque queramos, sino por obligación, de pronto empieza la fiesta, porque se oyen ruidos extraños, empezamos a hacer bromas tales como: "Ya empezó la fiesta, liberen a Wili, ya se armó, saquen las mascarillas anti–gas", así por un momento nos divertimos. Pero poco a poco se empieza a mirar ese cambio de rostro, se empieza a sentir aquella presión o desesperación por estar encerrados, me pongo a escribir, les pido que por favor me hagan algunos dibujos de este lugar, pero nadie quiere hacerlo, mi amigo Patrik me dice que sí, pero hasta después de las 9:00 p. m., pues su fe se lo prohíbe, así somos varios o todos los que podemos hacer algo pero no lo hacemos, por ejemplo: Héctor es un compañero de celda, es grafitero, pero no quiere hacerme un dibujo, Fernando es otro compañero de celda, quiere aprender inglés, pero nunca quiere practicarlo. Hipólito es otro compañero de celda, quiere aprender el hábito de leer, pero nunca lo vemos leyendo, y como dicen en México: "De lengua me como un taco".

Nos avisan que ya llegó la ropa "limpia", quiero contarles cómo funciona esto, cuando entramos aquí por primera vez nos dieron un saco con lo que sería nuestra ropa, 6 pantalones, 6 calcetines, 6 calzones, 6 camisas, y una vez por semana debemos mandar la ropa sucia en el saco, ponerle una seña para saber cuál es el tuyo. Mientras fuimos abajo a traer la ropa se me perdió el borrador, cuando les comenté lo que había pasado todos empezamos a buscarlo, ese borrador me lo regaló el muchacho moreno que está con nosotros, se lo pedí prestado, pero él insistió en que me lo quedara, ha sido la única vez que ha sido amistoso conmigo. Todos me ayudaron a buscar ese objeto, este tipo de cosa y en este lugar no se obtiene fácil, pues no es muy común, nadie lo compra, nadie lo usa, la búsqueda de ese objeto fue como aquel jueguito que jugábamos en nuestra infancia que se llama el rey manda; hasta me da un poco de pena por la forma en que ellos actúan ante mis necesidades, si necesito algo ellos van casi corriendo a traerlo de donde esté. Los dos morenos que están aquí con nosotros ya se fueron abajo, revisamos toda la celda hasta encontrarlo, ¿saben dónde estaba?, estaba bajo la almohada del moreno que me lo regaló, yo les insistí que se lo dejaran allí, pero ellos dijeron que no, que ya no era de él, "Si te lo regaló ya no le pertenece, es tuyo, además no lo ocupa, para que lo va a ocupar, tómalo y si dice algo me lo dejas mí", decían empuñando sus manos, pero el compañero no dijo nada.

Nos mantienen aquí en las celdas por un rato más, volvemos a sentir esa presión de estar encerrados, cuando estamos así hasta nos tropezamos unos con otros, pero no pasa de un simple: disculpa, lo siento, o alguna pequeña broma, como: "Si me sigues molestando te echo la migra", o "Te voy a llamar la policía", etc., o sea, no pasa a más, no hay ningún problema, quizás somos la celda más disciplinada, por fin vemos a Patrik, sorprendiéndonos con su forma de dibujar, hace líneas muy rectas sin tener una regla, como un verdadero ingeniero; mientras la mayoría de ellos miran la televisión, y dicen cosas del Chapo, mi amigo Patrick me invita un café, mientras nos preparamos el café nos hacemos bromas de: "No lo dejes muy caliente, sóplale que está muy caliente, es que el agua está tan caliente que si le soplas se te va a congelar y ellos lo soplan, te vas a quemar"; a pesar de ser momentos muy cortos, la pasamos bien, se nos olvida la situación en que nos encontramos, pero seguimos encerrados en nuestra celda, Patrick me hizo un dibujo muy bonito que lástima que no tengamos colores, ahora veo que quizás no me va a alcanzar el papel para escribir, cuando empecé no tenía nada, ni papel ni lápiz, estuvimos buscando por toda la celda papeles de nuestros arrestos, higiene, normas, etc., que tuvieran un lado en blanco, también me regalaron un pedacito muy pequeño de lápiz (tres a cuatro pulgadas), y así fue como comencé a escribir aquí dentro de la celda.

Hoy miré al muchacho que me dio unas hojas de papel hace algunos días, le pedí que si me vendía un lápiz, pero me lo negó, anteriormente me había dicho que si necesitaba uno más que él tenía, lo que pasó es que yo en mi compra de esta semana, compré lápices, pero no llegaron, no existe forma de recuperar la mercancía ni el dinero, después me pidió que le devolviera las hojas de papel que él me dio, creí que me las había regalado, pero no.

Me cuentan que en la celda de enfrente y arriba se está formando una escuelita de inglés, eso es bueno, el cuñado que está allí siempre ha querido aprender inglés, creo esta es una excelente oportunidad. El muchacho de Honduras que me prestó las hojas es quien les está enseñando.

Estoy sentado a mi mesa escribiendo, me detengo a observar ese círculo de parejas contándose esas interminables historias, me detengo a mirar a un señor blanco americano, su pelo negro y largo, es alto, muy mayor de edad, lo he mirado muchas veces, muy de cerca, pero nunca he mirado que hable con ninguna persona, es el primero en llegar al círculo y el último en regresar a su celda, camina y camina sin rumbo fijo ni dirección, con su cabeza para abajo casi no mira a la gente, camina como un zombi, nadie sabe cómo se llama, ni de dónde es, o si tiene familia, voy a intentar acercármele, pero más tarde.

Viene un grupo de compañeros a la mesa y quieren que comentemos la Biblia, yo acepto con gusto, cada uno trae su Biblia, sin mucho costo, uno de ellos lee un salmo y empieza, luego otro nos lee sobre Isaías, otro nos lee Apocalipsis, también nos predica, así todos predican de algo diferente, por último le tocó al cubano quien dijo: "Creo que ya lo dijeron todo, buenas noches", y se fue, todos nos quedamos mirando que se iba, después alguien dijo que ya me tocaba a mí, me paré y les dije: "Ya lo dijeron todo, buenas noches, fue un placer que me hayan visto"; me preocupa cuando se ponen a comentar de la Biblia, no porque sus ideas de la Biblia choquen, sino porque ellos se interrumpen, todos solo quieren hablar al mismo tiempo, nadie quiere escuchar, bueno excepto yo, pero me cuesta mucho, también quisiera hablar, Señor Dios, perdóname por esta crítica, pero me preocupa ese concepto erróneo de la fe, hablamos mucho de la las cosas de Dios, de su grandeza, de su inmenso amor, pero cuando les pregunto si tienen abogado (terrenal) me dicen que no, eso es un problema, porque luego no aceptan la voluntad de Dios, ejemplo: Es lo que le pasó a Fernando, era muy apegado a las cosas de Dios, pero cuando fue a la corte y no consiguió su tan anhelada libertad, ya no quiere saber nada de Dios, yo varias veces le dije que era muy importante que tuviera un abogado, contestaba que no lo necesitaba, que era suficiente con creer en Dios y tener fe.

Desde la ventana veo las parejas que aún andan caminando en círculo, veo algunos árabes, no sé en qué celda están, los miro desde aquí y siento que son imágenes que quedarán en mi cerebro por el resto de mi vida, ahora me iré a descansar, buenas noches.

Amanece un nuevo día. Nos encienden la luz, con la intención de despertarnos y prepararnos para el desayuno, minutos después bajamos como siempre bien formaditos de uno en uno y de regreso con una mano llevan la comida y con la otra deteniéndose los pantalones, pues se les van cayendo, hacemos oración y como siempre, las cortes, los jueces, etc., nunca dan gracias por nuestras familias, nada de eso, terminamos de comer, nos apagan la luz, con la intención que regresemos a la cama, así es como uno a uno regresamos a la cama, yo me quedo aquí en la mesa escribiendo, solo se oye un silencio total, luego se oye un ruido, muy en el fondo, es de una bolsa, es el señor moreno que está preparándose una sopa instantánea, los compañeros dicen que ese señor huele muy mal, yo nunca he hablado con él pues él casi no está en la celda, se la pasa jugando cartas, no hace amistad con nosotros, se mantiene a distancia, eso sí, cuando pierde le hace amistad a todos con tal de conseguir algunas cosas para pagar la deuda del juego. Ya que me acuerdo, anoche el joven moreno que también está aquí con nosotros andaba muy preocupado pidiendo una sopa instantánea, yo le iba a dar, pero los demás me dijeron que no, que no pedía porque tuviera hambre como yo lo imaginaba, sino que había perdido en el juego y debía pagar.

Hoy necesito conseguir un lápiz pues el que tengo ya se me acabará.

Anoche pude observar un grupito de cuatro jóvenes americanos blancos como de 18 a 21 años, casi niños y pensé: «¿Qué hacen ellos aquí?, deberían de estar en el colegio o tal vez en la universidad». Viajé hasta mi casa para visitar a los míos, estaba cada uno en su cuarto, mi esposa ella sola en el nuestro, luego de hacerles una caricia regresé a mi celda a seguir pensando que no quisiera que mis hijos pisen este lugar nunca, es muy triste, no es bueno, la comida nunca les va a gustar, aparte de la gran presión que se siente en este encierro.

Estoy sentado a la mesa, en las otras celdas de enfrente veo algunas personas que se levantan muy temprano para hacer ejercicio.

Anoche hablé con Bama, le decimos "Bama" porque dice que es de Alabama, nunca dice su nombre, le pregunté por su familia, me contestó que están bien, que solo están pasando algunas dificultades económicas, me cuenta que la semana pasada solo le pudieron depositar a su cuenta algunos dólares, catorce para ser más exactos, que no tienen qué comer, mientras nos contaba de su familia no podía contener sus lágrimas, muy rápido se fue a su cama, se cubrió la cara, luego que se fue les pregunté a los demás: "¿Por qué está aquí?, ¿qué ha hecho?", me contestaron que él nunca dice por qué está aquí, que esconde muchas cosas de él, nos quedamos con algunas dudas y también muy melancólicos.

Hoy nos toca a nosotros hacer la limpieza de la celda: se limpian los baños, se limpian las regaderas, se barre y se trapea. Después de un rato terminamos de hacer la limpieza, yo barrí y lavé las regaderas con una esponja, Patrik trapeo, y mi amigo de Honduras lavó los sanitarios y el lavamanos.

Bajé, me vine a escribir aquí, estoy en la mesa más cercana a la guardia para aprovechar la única luz que está encendida, mientras voy a sacarle punta al lápiz, el señor chino llegó a la mesa y se sentó junto a mí, no me habla solo escribe, anoche alguien dijo que este chino ya está aprendiendo español. De pronto aparece el primer americano blanco con su vaso de café muy caliente, hasta se ve como sale el humo, a mí se me antoja, en mi gaveta tengo café y azúcar, pero no tengo agua caliente. Luego llegan los que se van a afeitar, van a pedir su rasuradora, el guardia los anota para que puedan devolverla; poco a poco van saliendo de sus celdas; como todos los días, empiezan a hacer el círculo, con su vasito de café, con sus largas conversaciones, reflejando en sus rostros la esperanza de un nuevo día, algunos traen en sus manos una libretita donde van anotando cada día que pasa. Pienso que eso hace más larga la espera, pero así es la vida. Dice mi amigo Patrik que en esa libretita tienen anotados todos los días, hasta el día de corte, porque a cada rato los cuentan, hasta con los dedos para saber con exactitud cuánto falta para la corte. Mi amigo Patrik es una persona que ora mucho y canta en su idioma.

Encienden todas las luces y el señor chino aún está aquí, no me habla solo escribe.

Ahora estoy aquí platicando con Héctor, me cuenta que es grafitero, me va a hacer un dibujo de alguna parte de este lugar, también es barbero, o sea que corta pelo, ya les había hablado él, me pide que si hablo con mi esposa para que vaya a la casa de su esposa para tratar de convencerla que él la quiere mucho, que ella es la única alternativa para salir de aquí, me platica que se ha portado muy mal con ellos, pero en realidad no quiere decir exactamente qué les ha hecho, el favor que me pide también se lo pidió a mi amigo Próspero quién nos comentó que cuando su esposa fue a visitarla dos o tres veces, nadie les abrió la puerta, el teléfono que les dio ya no existe, o sea, como que se deshicieron completamente de él, que triste, yo hablaré con mi esposa para que vaya a visitar a la esposa de Héctor, más adelante les contaré más detalles sobre la visita de mi esposa a esta señora. A veces me siento como un doctor en su consultorio con varios pacientes esperando, aunque sea la misma historia, ellos solo quieren ser escuchados, ojalá y después pueda arreglar esto porque ya no sé cuántas veces he escrito las mismas historias.

Ahora estoy aquí, se encuentra conmigo otro amigo, se llama Juan, es de la Piedad Michoacán, platica que en su infancia ellos fueron muy pobres, cinco hermanos y cuatro hermanas, a los quince años, se acompañó con su ahora esposa, tiempo después conoció Dios como su Salvador, dice que cuando era apenas un adolescente, sus cuatro hermanos mayores decidieron venir a Estados Unidos, a él no lo trajeron porque aún era un niño, se despidieron de la familia y tomaron camino, al cabo de un tiempo llegaron al Río Bravo, estaba muy crecido, creyendo que era buen tiempo para cruzarlo se aventaron, cuando terminaron de pasar, la migra los estaba esperando, al ver esto, decidieron regresar, ya iban muy cansados, en ese intento de devolverse se ahogaron, el destino les jugó una mala jugada. Pero Juan con el paso de los años quería intentarlo, su esposa le recordaba la desgracia de sus hermanos, de esa forma lo detenía, sin embargo, había necesidad, pero era más grande el miedo, Juan y su esposa se dedicaban al campo, o sea, que eran agricultores, me cuenta que cuando a ellos les iba muy bien tenían comida para todo el año y tal vez para hacer algunas compras pequeñas, como un par de zapatos, algo de ropa, pero no para todos, ellos ya tenían su primera hija de tres años y seguían en la misma extrema pobreza, esa niña fue la inspiración para poder agarrar camino hacia los Estados Unidos, gracias a Dios mi amigo Juan corrió con mejor suerte, él sí lo pudo lograr, me dice que con el tiempo se trajo a su esposa y su hija juntas, llegaron muy bien gracias a Dios, ya nacieron aquí dos más, ahora tiene este problema (estar preso por no tener papeles), su esposa ya le puso un abogado, con la fe puesta en Dios todo nos va a salir muy bien.

Nos preparamos para el almuerzo y nos mandan regresar a nuestras celdas, bajamos por el almuerzo y como siempre, de regreso con una mano en la comida, la otra para detenerse los pantalones, esto parece gracioso, a la vez es molesto, pero es la verdad; antes de comer hacemos oración, hasta nos cuesta comer porque varios son los que quieren orar, supuestamente para dar gracias por los alimentos, siempre es lo mismo, las cortes, los jueces, las pruebas, etc. Pero nunca en realidad por dar gracias o por nuestras familias, terminamos de comer y nos quedamos un buen rato acá en la celda, pero muy rápido se siente la presión, el encierro; Bama en el teléfono habla con su hija, de vez en cuando se le ve una lágrima, algunos ya están en la puerta esperando que la abran, los primeros en estar junto a la puerta hasta que la abren son los dos señores morenos, cuando nos abren la puerta salimos casi como en estampida hacia abajo, de inmediato empieza el círculo, somos pocos los que nos quedamos en la celda, también voy a bajar, al hacerlo me dediqué a mirar en las celdas aquellos rostros tristes, desconsolados, afligidos, veo algunos ya mayores caminar en sus celdas con la toalla en le espalda, me miran y solo la mueven la cabeza para abajo, como diciendo todavía estoy, sé que quisieran hablarme, que quieren ser escuchados, pero la mayoría de ellos son hombres mayores y no hablan español, yo es muy poco lo que hablo de inglés, cuando bajé, en la celda se quedaron dos grupos en diferente lados hablando de Dios, pero me entristece que solo buscamos a Dios en el momento de la necesidad, o sea, que es un Dios de emergencia, bueno eso es lo que pienso, porque la mayoría no tienen abogado y cuando vamos a corte que el juez no nos da la respuesta deseada entonces nosotros la tomamos contra Dios.

En nuestra celda tenemos un señor ya muy mayor (70 u 80 años) que se llama Fred, cuando vine por primera vez a la celda, un amigo de aquí que ya se iba me dio un par de zapatos muy cómodos, yo no los usé, se los regalé a mi amigo Fred, muy agradecido hasta lloró, dijo que ni uno de sus hijos había hecho en la vida un gesto tan bello como ese, nos comenta que tiene hijos e hijas, pero como no puede trabajar, ya no lo quieren, dice que él compró la casa donde viven, que ellos se han adueñado de su casa y de su pensión, él aquí no compra nada, siempre pide saldo para hablar con sus nietas. Les pregunto a algunos: "¿Qué será de ti en tu vejez?, o sea ¿quién pagará tus recibos cuando no puedas trabajar?", créanme que nadie lo había pensado, bueno, aquí hay un señor que me dice que en su iglesia les prohíben guardar o ahorrar, tiene varios meses de estar aquí, no sale porque no tiene abogado pues su familia no tiene dinero para pagarlo. Yo les digo que ya es tiempo de ir pensando en nuestra vejez, al parecer a algunos no les gusta este tema, pero los dejo pensando.

Quiero hablarles un poquito más de mi amigo Patrick, cuando está en la celda se comporta diferente, en la celda se la pasa en constante oración y meditación, siempre triste, pidiéndole a cada uno que oren por él, se pasa horas y horas debajo de la cobija, pero cuando está aquí abajo su rostro cambia; aquí se junta con sus paisanos y se ríe, hace bromas, todo le cambia, es muy pequeña la distancia desde la celda hasta aquí comparado con la alegría manifiesta aquí, pienso que esa es una alegría superficial.

Hoy también voy a hablarles de Sergio, es de México, llegó hace tres días, me dice que es muy buena persona y que ha leído la Biblia varias veces, habla mucho del Antiguo Testamento, dice que se la sabe de todas, todas, es muy gracioso, cuando se baña no sé si lo hace intencionalmente, pero canta muy pero muy parecido a la Chimoltrufia, nos causa mucha gracia, nos hace reír mucho, es irreverente cuando habla de la Biblia, dice: "Pinches guerras de la Biblia", y habla de la Biblia como le da la gana, todos le seguimos la corriente, nos cuenta que ya tiene cuatro meses de andar de cárcel en cárcel, que hace mucho ejercicio, si lo vieran... la gran panza que tiene.

Luego nos llaman a regresar a nuestras celdas, son los preparativos para la cena, debemos regresar a nuestra celda, terminamos de cenar y como de costumbre nos encierran un rato más, luego se empieza a sentir ese estrés, esa presión de estar encerrados, intentamos ocultarlo, pero no podemos.

Continúa la batalla por la TV y las Tablets. Unos ven TV, otros leen, otros hablan entre sí, otros mirando por las ventanas esperando que nos abran, otros ya esperando en la puerta que la abran para salir del potrero hacia el pasto; escenas que quedarán en mi cabeza por el resto de mi vida. Luego abren la puerta y ya saben, apártese o corra usted también; se van, yo me asomo a la ventana, miro a algunos caminando en círculo parloteando, sí que es fea la comparación, pero los veo como si fueran parejas de novios de mi tiempo, caminando por el parque conquistándose el uno al otro. Veo otros jugando a las cartas, ellos apuestan y se pagan con sopas, chips, café, etc.

El círculo va en aumento, muchos hispanos se han integrado, mi amigo Patrick es de los primeros en llegar al parque, veo en ellos esas sonrisas fingidas de dolor y desesperación, bajé un momento, cuando regresé a la celda me encontré con mi amigo Patrick, llorando en su cama, no le pude decir nada pues también a mí me dio mucha melancolía, mejor me fui directo a la mesa a seguir escribiendo, luego pasa detrás de mí, el amigo Fred, me da un abrazo y se va casi corriendo hacia el baño a llorar, cuando regresa le pregunto si todo está bien, me dice que sí, que muchas gracias, que siga que es muy bueno lo que hago, le pregunto si puedo poner su nombre en mi libro, emocionado me contesta que sí, que por favor lo haga, también me dice: "Si en algo más puedo ayudarte con gusto lo haré, solo dímelo", me paré, le volví a dar otro abrazo, agradeciéndole, también él me dio las gracias, le dije: "Tú eres un hombre fuerte, puedes seguir adelante, échale ganas", él me dijo: "Tú estás equivocado, ustedes son una raza muy fuerte, que vienen desde tan lejos, con tanto esfuerzo, rompiendo barreras, saltando montañas, escondiéndose de todos, para llegar hasta aquí, para darnos estas grandes lecciones en todo aspecto, por eso los amo y respeto, mi propia familia me abandonó, ahora ustedes son mi familia, lamento que ustedes vienen por un corto tiempo y luego se van".

Ahora llaman a regresar a sus celdas, luego viene el guardia a contarnos, debemos estar cada uno parado junto a su cama, él pasa y mira en el piso si algo está tirado, el policía dice que todo está muy bien que podemos seguir. Mi amigo Fred aún sigue caminando en la celda, Patrick continúa con su oración, digo que es su oración pues como es su idioma no le entendemos, pero por ratos junta sus manos; ahora todos estamos muy quietos, pues en la TV hablan del Chapo, lo declararon culpable, eso nos pone quietos, el siguiente programa es Exatlón; ahora están llamando a los que les dan a tomar medicina, llevan su vasito de agua, los demás nos quedamos en la celda haciendo esfuerzos internos por seguir adelante, para hacer que el tiempo pase más rápido y poder salir de aquí. Tenemos un problema, siempre que nos llaman nos llaman en inglés, no entendemos, a ellos les molesta mucho cuando no les entendemos, ahora mismo oigo que preguntan por alguien de la celda de enfrente, me doy cuenta que preguntan por el cuñado, ¡creo que se lo llevó la migra!

Mi sueño en la corte es que el juez me diga: "Señor Pacheco, usted ¿qué hace allí?", yo le digo: "No lo sé, pero me han tratado muy bien, aproveché para escribir el último capítulo de mi libro", que el juez me conteste: "Ok Míster Pacheco, puede irse a su casa".

Hacemos el rosario y nos vamos a la camita, mañana será otro día. Amanece el nuevo día, son las 6:33 y ya desayunamos, nos apagan la luz, uno a uno se regresa a la cama, algunos no quisieron comer, Juan, Patrick, Fernando, y los dos morenos, solo fueron a traer la comida y la regalaron, eso es comprensible porque la comida estuvo muy mal, pero aquí nos sacrificamos por los amigos, sobre todo si se trata de comida, nos cierran la puerta, unos minutos después encienden el ventilador del baño, todos se acuestan, solo nos quedamos el Polaco (Grey) y yo, él se queda leyendo, yo escribiendo. Hoy es jueves y mañana es mi corte, les aseguro que ya han empezado los nervios, de esta celda somos tres los que tenemos corte mañana: Juan que es de México, Grey que es de Polonia, y yo que soy de El Salvador, comentamos que ya nos sentimos nerviosos, tristes y contentos a la vez.

El policía viene a su chequeo de rutina, a las 7:01 a. m. abren la puerta, viene el poli. Los compañeros empiezan a hacer la limpieza, se oyen ruidos extraños, nos reímos, "¿Quién fue?, shiiiiit, ¿quién hizo eso?, lo vuelves a hacer y te saco hasta la calle". Ya terminaron de hacer la limpieza, uno a uno, regresan a sus camas, una vez más llaman a los que les dan medicina, y como siempre el poli se asegura que la tomen, poco a poco regresan a sus celdas. Quiero contarles que anoche nos reunimos aquí en la celda, uno contó una historia que sucedió en Veracruz sobre las brujas que vuelan y salen a asustar a la gente, nos decía que él cree que su suegra es una de ellas, nos hizo reír, pero eran sonrisas que de felicidad no tienen nada, mientras otros ni se ríen, solo se mantienen a distancia, tal vez solo están criticando sus gestos como yo lo hago, puedo percatarme de esas risas con sabor amargo, ríen por no llorar, risas con desesperación, risas compradas, risas con dolor, risas sin sabor, risa o simplemente risas.

Anoche un señor alto que está en la celda de enfrente, que nunca habla, se puso muy mal, vinieron los médicos y se lo llevaron de emergencia, yo fui a preguntar qué había pasado o si sabían algo de él, me dijeron que de pronto se había puesto muy mal, que no sabían más.

A veces me encuentro con pequeños grupos y los veo muy tristes, muy desesperados, me pongo a darles ánimo, les digo que al mal tiempo debemos darle buena cara, a veces los observo algo de malas, pero los veo sonreír, eso me anima a seguir adelante, a pesar de ser hombres cuyo rostro refleja el desaire de la vida, el sentir de una batalla perdida pero no la guerra, el sentir de esos hombres que no se darán por vencidos, hombres con el corazón partido en mil pedazos, hombres incompletos por la falta de su familia, hombres quebrantados de su dignidad, hombres que se sienten olvidados de Dios. Estoy aquí abajo, dos celdas a mi derecha y dos a la izquierda, aún hay mucho silencio, a ambos lados casi todos duermen, me parece como una morgue, cuerpos hasta en el suelo, así estamos aquí, wooo que difícil es la estancia en este lugar, esta si es una rutina que mata; hasta ahora hay muy poca luz por todos lados, se encuentran tres o cuatro americanos sentados leyendo y hablando en voz baja, que difícil y más cuando te preguntas: ¿Por qué estoy aquí?, ¿qué hice mal?, si ellos me obligaron a venir indocumentado, yo solo quiero una mejor oportunidad para mi familia, ¿será eso mucho pedir?, ¿será prohibido soñar?, o solo para nosotros los pobres, es cuando pregunto: ¿Qué crees que eres tú aquí para los políticos?, ellos me responden: "No soy nada, soy un cero a la izquierda, una mercancía negociable", wooo, no sé qué decir, pienso que en realidad eso somos, el problema mayor es que no estamos haciendo nada por salir de esa situación, hablo de educarnos, de adoptar aquel bonito hábito que tuvimos alguna vez de leer.

Cuando yo dirigía a la Asociación de Trabajadores Hispanos Unidos de Detroit, muchas veces escuché a algunas personas decir: "Es que nosotros somos esclavos de las grandes empresas", pero yo les reprendía de la siguiente forma: "No, fíjese que usted está muy equivocado(a), hoy en día ya no somos esclavos de nadie, hoy en día somos esclavos de nuestro mal pensamiento, o de nuestra falta de educación", debemos iniciar el proceso de educarnos, estamos en el siglo XXI, tenemos todo para educarnos, pero nadie quiere hacerlo, y para mí es la única forma de salir de esta situación en que vivimos, pero los hispanos somos muy buenos para perder el tiempo haciendo nada, hay algo más que empeora nuestra situación, es que perdimos el buen hábito de escuchar, hoy en día nadie quiere escuchar solo queremos hablar, eso nos hace más ignorantes y perezosos, por ejemplo: Aquí conocí a Héctor, es grafitero, pero nunca quiere dibujarme algo de aquí, no le gusta dibujar, a veces me ha tocado pagarle para que haga algún dibujo, lo mismo pasa con mi amigo Patrick, no quiere hacer nada a pesar que yo les digo que eso les va a ayudar, les va a servir como terapia, porque van a sentir más corto el tiempo, y así pasa con todos.

Hoy jueves 14 de febrero del 2019, ruego a Dios que no haya mal tiempo, pues cuando eso pasa suspenden las cortes, dicen que suspenden las cortes por dos razones: por al mal tiempo o cuando los políticos quieren, o sea cuando cierran el gobierno y los reos tenemos que pagar el precio.

Subí a la celda a buscar un café, nos tomamos un café y platicamos con los muchachos de las cortes, eso a ellos les encanta, como yo nunca he estado en una, quiero saber qué debo esperar o cómo va a ser, siento muchos nervios, también hacemos algunos chistes de Honduras, de México, aunque siempre hay algunos que no se quieren reír, pero pienso que es esa presión o sea, eso que no podría explicar en este momento, cuando pienso en la corte siento: miedo, alegría, tristeza. Es porque algunos me aseguran que en esta corte voy a salir, solo tienen que pagar la fianza, a eso vamos a ir a la corte, a escuchar cuánto se va a pagar para ser libre, eso me gusta, me alegra, pero al final debemos aceptar la voluntad de Dios, claro, yo extraño a mis niños, mi esposa, mis compañeros de trabajo, etc. Pero el que tiene la última palabra es Dios.

Nos preparamos para el almuerzo, después del almuerzo nos quedamos un largo rato platicando, matando el tiempo antes que el tiempo nos mate a nosotros, luego tuve que bajar obligado, pues la Chimoltrufia llegó a mi mesa a hablar de la Biblia, como ya saben, dice puras tonterías, tal parece que yo no estoy de humor para escucharlo, no hay forma de callarlo, es más, yo no quiero llevarle la contraria, solo habla cosas feas de la Biblia, de suerte que pude encontrar una silla libre y un lugarcito en una mesa, a esta hora todo está muy ocupado. Luego viene mi amigo Fred, me hace prometerle que hablaré de él en mi libro, efectivamente a este señor Fred siempre lo recordaremos.

Aquí donde estamos hay seis mesas con sus respectivas sillas, siempre cinco son ocupadas por americanos y una por hispanos; me gustaría anotar todo lo que me fuese posible, pues no pienso regresar a un lugar como este. Voy a mi celda, quiero descansar un buen rato. Pude dormir un buen rato, ya nos estamos preparando para la cena, terminamos de cenar, todo es una rutina, después de la cena me puse a observarlos, me imagino lo rápido que volamos en nuestra mente hacia los brazos de nuestras reinas, que nos esperan impacientes pues son nuestras amigas, esposas, amantes, novias, etc.

En el transcurso del día me he dedicado a preguntarles si saben qué día es hoy, nadie sabe, hoy es 14 de febrero, día de San Valentín, después de decirles eso me dicen: "Yo que culpa tengo", o sea que no saben que celebramos en San Valentín, luego les pregunto cómo lo celebran, se me quedan viendo y empiezan a titubear, algunos ni siquiera saben qué es, les pregunto: "¿Le llevas flores?", más no saben que decirme, algunos comentan: "No tengo tiempo", otros dicen que ya ni se acuerdan cuando salieron juntos a comer, bailar, ni a la iglesia van juntos, o sea, no tenemos tiempo para nuestras familias, esto no es solo los de mi celda, somos todos los hispanos, también les pregunté a los americanos, ellos me dicen todo lo contrario, son muy detallistas, muy consentidores con sus esposas, mi amigo Bama platica que ese día cocina algo muy bueno para su esposa y demás familia, mi amigo Fred dice que siempre le manda flores. Le pregunté a un amigo de Guatemala si él le mandaba flores a su esposa, comentó que no, que ella todavía estaba viva, que se les mandan flores, pero cuando se mueren.

Ahora quisiera hablarles de algunos talentos que he visto, en la celda de abajo hay dos muchachos, uno que hace flores muy lindas y de puras cositas sencillas, el otro hace muy bonitos dibujos, en la celda de enfrente está Saúl y su hermano que hacen muy bonitos rosarios, con material muy sencillos, como pedazos de bolsas plásticas, pedacitos de cartón, pedazos de papel, etc., también tenemos a mi amigo Patrick, es un ingeniero mecánico, cuánto talento desperdiciado, malgastado, perdido, echado a la basura.

Ahora estoy aquí abajo, una vez más veo el círculo y las parejas caminar, no me gusta mucho venir a estas horas a escribir aquí abajo, a pesar que aquí las sillas y mesas están más cómodas pues son de plástico, las de las celdas son de acero inoxidable, o sea, que las de la celda están muy duras y frías, pero lo que no me gusta es que los compañeros vienen y miran lo que escribo, pienso que puede ser que no les guste lo que escribo, por ejemplo: Francis es de Honduras, quiere estar viendo lo que escribo, me da miedo que vaya a ver lo que escribo de él, tuve que venirme abajo porque unos jugadores de segunda invadieron mi mesa, y digo de segunda porque están aprendiendo a jugar damas chinas, pero aquí donde estoy la mesa está llena de amigos hispanos.

Llegan a la mesa donde estoy dos jóvenes, mas no hay lugar para sentarse, sin embargo, quieren estar aquí, no hay problema, son de El Salvador, uno de ellos a quién llamaremos José me pide que les cuente alguna parte de mi libro, todos se emocionan, por primera vez veo que se interesan en escuchar, yo sin dudarlo les digo que sí, que se pongan cómodos, que les voy a contar parte del primer capítulo de mi libro, empecé, no tardé mucho, tres a cinco minutos, pero les aseguro que a todos les gustó, pues todos derramamos lágrimas, los muchachos de El Salvador se identificaron con esa historia, José hasta conoce el lugar donde yo trabajé por última vez antes de venirme para acá (la panadería), luego se armó una gran plática, todos querían hablar, todos querían contar cómo los Estados Unidos había empobrecido su país, otros hablando cómo se adueñaron de la mitad de México, y otros decían cómo se adueñan del petróleo del Medio Oriente, yo quería mejor irme a mi celda, o para mi casa si fuese posible, el problema mayor que miraba, era que cuando ellos volteaban a mirar a un americano lo miraban mal, parecía que querían cobrársela al primero que se encontraran, no sé como pero pude salir de allí, mientras caminaba para mi celda me encontré con mi amigo Patrick, estaba con otros dos de su misma raza y se miraba muy contento, muy feliz, como le cambia el rostro, que diferente se ve, pero cuando llega a la celda cambia de nuevo.

Llegué a mi celda, la mesa ya estaba disponible, quiero contarles que antes de esa platica que tuvimos allá abajo, José, uno de los dos muchachos de El Salvador nos contó una oración que él mismo hizo, me quedé asombrado, ¡qué bonita oración!, wooo, qué inspiración, le pedí que me la regalara, me dijo que sí, pero que antes le haría una copia y después me la dará. También les quiero contar del otro muchacho que siempre andan juntos, pero este segundo no habla a menos que el otro se lo permita, mantiene su cabeza abajo, solo la mueve para decir sí o no, hace unos días ellos y yo negociamos un lápiz, primero me dijo que sí, me preguntó qué estaba dispuesto a dar por el lápiz, le contesté que no sabía, que nunca había hecho este tipo de negocios, él le dijo al segundo (nombre que le acabo de inventar): "¿Qué no tenemos en nuestra despensa?", el segundo le contesta: "Tenemos de todo", José vuelve a preguntarle: "¿Qué es lo que más ocupamos?", el segundo dice: "Chips", José me mira y me dice que quiere cuatro chips por el lápiz, yo accedí, ahora José me dijo que ha visto muchas injusticias aquí, que me las quiere contar, mientras segundo lo mira con su cara de yo no fui, mueve su cabeza y le dice despacito: "Te vas a meter en problemas", José me dijo que mejor después que nos volvamos a reunir, o que me las va a escribir y me las va a entregar.

Al final sí me vendieron el lápiz; de alguna forma me gusta que esto me pase, por ejemplo: de estar donde estoy actualmente, de mirar lo que ahora veo, de sentir lo que ahora siento, de que me vendan un lápiz que afuera vale veinte centavos y aquí me lo dieron por cuatro chips que afuera valen como 1,50 cada uno, no es que yo quiera quedarme aquí, ya quiero irme a mi casa, sino que me gusta que me vean como uno de ellos, me siento como uno de ellos, soy como uno de ellos, ya nadie me va a mentir diciéndome cómo es estar en la cárcel. Es hora de dormir, me siento muy deseoso de que llegue el viernes, pues es mi corte ese mismito día, o sea mañana, buenas noches.

Amanece el nuevo día, son las 5:30 de la mañana, nos levantamos muy temprano para despedir a algunos compañeros que se van deportados hacia sus países de origen, el señor de Honduras que dormía en la cama que está sobre la mía ya se va para su país, él cayó porque en la van que iba a trabajar se perdieron y se metieron al puente de Canadá, él ya tenía deportación, otro muchacho de México del Estado de Puebla que estaba en la celda de enfrente y abajo se va también, en estos momentos se va el muchacho de Honduras que me dio papel para escribir y después me lo cobró, se fueron algunos, se nos salieron las lágrimas, el señor que dormía en la cama sobre la mía me agradó mucho, es un señor muy correcto, muy serio, muy colaborador, muy bueno, casi no me dejaba hacer mi quehacer, siempre me decía que me ayudaría, hacía todo lo que yo debía hacer, espero volver a verlo, si en algo puedo ayudarlo con gusto lo haré, que lástima haberlo conocido en estas circunstancias, donde no pude ayudarlo en nada.

También quiero contarles que anoche por olvido no rezamos el rosario, de penitencia lo tuvimos que hacer a oscuras, como yo lo iba a dirigir leyéndolo, me tocó irlo inventando, no sé cómo empecé ni cómo terminé, pero lo hicimos, yo creo que no importa cómo lo hacemos, sino con qué fe lo hacemos, me gustó rezar en lo oscuro, pues me sentí más seguro, aunque no podía ver a los demás, a veces eso nos quita la concentración, pienso que fue mejor así.

Son las 7:35 a. m., vamos a bajar por el desayuno, me siento muy nervioso (porque mi corte es hoy), después del desayuno quiero escribir algo dedicado a mi linda y amada esposa, también a mis más preciados tesoros, mis hijos a quienes tanto amo y extraño; vamos al desayuno, hacemos oración como siempre y comemos, terminó el desayuno, sigo muy nervioso pues nunca he estado frente a un juez.

A mi esposa: la flor más bella del jardín de mi vida, la que amo con todo mi ser, el tronco donde fortalecemos nuestras raíces para mantener nuestras ramas, ramas que ya dieron frutos de amor, cariño, comprensión, etc. Ahora que estoy aquí en un lugar frío y solo, ruego a Dios que te proteja, te guarde y fortalezca todos los días de tu vida, pues tu tarea diaria es muy difícil, muy pesada, muy apurada, yo desde aquí sin poder ayudarte, sin poder darte un beso, sin poder darte un abrazo, sin poder regalarte una flor, sin poder darte un detalle, sin poder darte ánimo, o esas caricias medio en broma, que son el motor que te impulsa a diario para poder seguir con tu rutina con mucho amor y deseos prácticos, a ti que estás recibiendo la peor parte de esta pesadilla, a ti que me has entregado lo mejor de tu vida, a ti que me has regalado esos bellos luceros muy brillantes, a ti esposa mía, quiero decirte hoy que no encuentro las palabras exactas para decirte cuánto te extraño, te amo y te amaré por siempre, cuanta falta me haces, al escribir estas letras, las horas se vuelven años por las terribles ganas que tengo de verte y comerte a besos, como en los primeros días cuando nos conocimos en aquellos tiempos de juventud. Quisiera decir cuánto te amo, pero siento que las palabras no me alcanzan para decirte lo que en realidad siento, quisiera decir que sí hay vida después de esta y que yo deseo vivirla contigo, irnos a la eternidad juntos, siempre juntos.

A las 10:07 a. m. interrumpo mis sentimientos de amor para decirles que me siento muy nervioso, muy asustado, intranquilo, me siento muy estresado, bueno, ya me cuesta mucho hasta escribir, hasta estoy temblando, me cuentan que siempre van en dos grupos, uno por la mañana y otro por la tarde, me dicen eso porque me puse más afligido cuando no mencionaron mi nombre entre los que iban a corte, ni el del cuñado, empecé a preguntar qué pasó, hasta fuimos a preguntarle al guardia, nos dijo lo mismo, nos dictó los nombres de quienes deben ir por la tarde, allí estaban nuestros nombres, ya pude volver a respirar, aun así, me siento muy nervioso, siento ganas de ir al baño y es muy seguido, dicen que será como a las dos de la tarde, apenas son las 10:02 a. m., me siento tan miedoso que hasta estoy temblando, es difícil describir lo que ahora siento, pero debo mantener mi fe, hasta aquí he hecho mi más grande esfuerzo por ser escuchado por mi Dios, pero también debo aceptar su voluntad sea cual sea, estoy solo y quiero orar: Señor y Dios mío, ayúdame a pasar por este momento, ayúdame para que pase lo que pase mi familia y yo aceptemos tu voluntad, ahora recuerdo cuando tú pasaste por un momento como este, en el Monte de los Olivos, tú sudaste sangre, ayúdame señor para que ante todo se cumpla tu voluntad y no la nuestra, te lo pido a ti y a tu Hijo Jesucristo que contigo vive y reina por los siglos de los siglos, amén.

03:40 p. m., no sé por dónde empezar, fue un poco larga la pausa, por fin fuimos a la corte, estaba tan nervioso que casi se me olvida mi propio nombre, wooo que asustado estaba, pero lo logramos, fue una corte muy corta, solo me preguntaron mi nombre y me dijeron el precio de mi fianza, de cinco mil dólares.

A mi cuñado si lo fregaron, le pusieron fianza de quince mil dólares, eso es mucho dinero, está muy preocupado y no es para menos, esa cantidad no es fácil de conseguir, pero sé que mi esposa ya los consiguió, sé que ella puede, él se quedará y pagará. Quiero agradecer a los amigos que me dieron mucho ánimo, hicieron mucha oración por mí, me sentía muy mal, pero con todo el aliento que ellos me infundieron me pude tranquilizar un poco, cuando regresé a mi celda todos me esperaban muy ansiosos con muchas preguntas: "¿Cómo te fue?", les platiqué lo que pasó, juntos dimos gracias a Dios. Mientras esperábamos para la corte el cuñado me comentó que el chino que está con ellos en la misma celda, está muy enfermo, que ya tiene cinco días de no comer, yo espero y ruego a Dios que se mejore; junto con nosotros iba un joven como de treinta años, le empecé a hablar del por qué está aquí y de dónde es, me dijo que es de un país que se llama Irán, que a él lo quieren deportar por un DUI, o sea por manejar borracho, le pregunto qué trabajo hace, me dice que es trailero, cuando me dijo eso me asusté más, me imagino un trailero tomado y en plena hora de trabajo, eso sí es una amenaza al volante, cuando salimos de la corte volví a ver al muchacho de Irán, les cuento que trae una cara que no se imaginan, es más no tuve valor de preguntarle cómo le fue, casi llorando venía, de verdad no tuve valor de dirigirle la palabra.

Y nos preparamos para le cena, pero no vamos a negar que se siente un vacío en esta celda, los dos que se fueron, también se fue mi amigo Bama, pidió ser trasladado a otra celda, me dijo que se iba porque el moreno que duerme junto a su cama huele muy mal, ya no lo aguantó más, eso todos lo sabemos, pero a nosotros no nos dan ese privilegio, he estado aquí por dos semanas, no lo he visto bañarse.

Terminamos de cenar, un rato después ya podemos bajar, les pedí que me ayudaran a localizar al chino, alguien subió a pedirle que baje por favor, vino, le pedí disculpas por interrumpir sus quehaceres, pero que alguien me dijo que no estaba bien de salud, quisiera saber si en algo puedo ayudarlo, me dijo que está bien, que mejorará pronto, que muchas gracias, también me dijo que tiene 64 años, que vivió en Chicago por 15 años, y 25 en Michigan, que siente mucho no poder ayudarme, pero esa es su forma de pensar, después me dio un lápiz, le dije: "¿Qué quieres por el lápiz?", me respondió: "Lo mío es de todos", y se fue.

Regresé a la celda, mientras estoy en mi mesa veo como llegan dos miembros más, son hispanos, mañana los veré y hablaré con ellos, mientras seguimos aquí mi amigo Patrick me trajo una ensalada, por cierto muy buena, como me recordó a mi esposa, a ella como le gustan las ensaladas, unos minutos después recibimos un inquilino nuevo, solo vino, se acostó y se arropó de pies a cabeza, después vamos a hablar con él, ahora me siento más tranquilo, pienso que ahora está en manos de mi esposa el que salga de aquí; bajo a caminar un poco, estoy pasando por la celda de en frente (*left upper*), veo a dos hispanos cocinando burritos de sopas instantáneas, también le ponen chips, le ponen unos frijoles que venden disecados, aquí les venden tortillas, son los mismos dos, uno de ellos es mi amigo Saúl, dicen que siempre es lo mismo, que los hispanos son los que compran, cocinan, pero a la hora de comer somos varios, luego veo para la celda de abajo (*lower left*), dicen que ahí es diferente, un 80 por ciento son americanos, que nunca hacen algo para comer en común, cada uno por su lado; regreso a mi celda, hacemos el rosario, que pasen una excelente noche.

Amanece el nuevo día, sábado 16 de febrero, son las 06:30 a. m., ya desayunamos, anoche una vez más hablé con mi esposa, dice que lo de mi fianza ya lo tiene, que solo espera que llegue el lunes para poder ir a pagarlo, pero que con el dinero del cuñado si tiene problemas, pues es mucho, pero está muy positiva, con la ayuda de Dios lo vamos a lograr.

Ya desayunamos y después de algunas bromas poco apoco vuelven a la cama, yo me quedo como siempre en la mesa escribiendo, también se queda mi amigo Gregorio (el de Polonia), se queda para leer.

Ayer conocí a don Luis, de Piedras Negras Coahuila, piensa que nosotros no deberíamos de estar aquí, que nosotros somos los culpables de lo que nos está pasando, pues deberíamos regresar a nuestras tierras, a nuestros países, dice que somos invasores, también me habló de una compañía que se llama Amway, un excelente producto para vender y para consumir, me comentó que su esposa y sus hijos lo están tratando de sacar de aquí. Ahora hay un silencio extremo, solo el sonido del extractor de humo del baño y de vez en cuando alguien tose.

El joven que vino anoche es de un país llamado Israel, habla español, anoche no quiso cenar y ahora no quiso desayunar, solo quiere estar acostado, ahora viene el guardia a hacer su chequeo de rutina, mi amigo Gregorio (el Polaco) lo saluda, el guardia lo ignora, me mira a mí haciéndome una seña (el guardia) con su dedo, diciendo está bien, luego empiezan hacer la limpieza; por ahí se oye el: "Shiiiiit queremos dormir", Francis (de Honduras) se enoja porque Fernando fue al baño cuando él se disponía a limpiarlo, Francis golpeó dos veces intencionalmente una mesa (en cada celda hay cuatro mesas con sus bancas), todos enojados empezaron a hablar, Gregorio fue el más enojado, se paró y le dijo: "Lo vuelves a hacer y me vas a conocer, no lo vuelvas hacer por favor", en ese momento pasó mi amigo Fred, fue a la guardia a decirles lo que estaba pasando en la celda e iba diciendo: "Respeto amigos respeto", yo espero que eso no nos vaya a afectar a todos, como siempre llaman a los que toman medicina, empieza el círculo, seguimos en la rutina de siempre.

Vine abajo y para sorpresa me encontré a un amigo que anteriormente había conocido, me había dicho que escribirá su libro, me lo vengo a encontrar ya escribiendo, lo felicito y una vez más le doy ánimo para seguir, me siento muy contento pues me parece que ayudé a que se inspirara para escribir, es el chino, dicen que anoche ya comió, ya se siente mejor, la mayoría de los compañeros con quienes hablo me dicen que van a empezar a escribir, yo los motivo para que lo hagan, pero son simples palabras, nadie quiere hacer nada, creo que este fue uno de los objetivos que me propuse cuando llegué aquí: escuchar, motivar, pasar el tiempo, consolar, escribir, enseñar, entre otros, y ahora sí veo en las mesas puros: escritores, lectores, y jugadores.

Hoy conocí otro amigo de los que vinieron ayer, se llama Abimelec, es de Honduras, tiene 47 años, cuenta que tiene 11 meses de andar de cárcel en cárcel, ha visto muchas injusticias, ha estado varias veces en el hoyo del castigo, en eso lo llaman de la celda por algo de comida, se fue. Viene el cuñado, me dice que ese hombre no es de confiar, que a él no lo ve muy bien, pero yo le digo que trate de no llevarle la contraria, que no se junte con él, que tenga paciencia, ya que pronto nos vamos a casa, el cuñado ve que él viene y se va muy rápido (creo que le tiene miedo), pienso que este amigo solo quiere ser escuchado, poder sentirse como un héroe, viene a hablar y a culpar a las iglesias de nuestras desgracias, dice que las iglesias son vendidas, que hacen negocios con la dignidad de las personas, que las iglesias ya no piensan en las personas sino solo en sus ganancias, me habló de cómo USA inventa las guerras para saquear algunos países, que USA se siente el país más poderoso del mundo, que a nosotros nos ven como mercancía de cambio, me habla de la Iglesia Católica, Apostólica y Romana, que se está quedando solo en lo Romana porque de católica y apostólica ya no tiene nada. Llegó la hora de regresar a nuestras celdas y Abimelec me pide que volvamos a platicar más al rato, en eso quedamos y regresamos a nuestra celda.

Nos preparamos para el almuerzo, terminamos de comer y aquí nos quedamos por un buen rato, viendo como nos comportamos, intentado tranquilizar a algunos, pero me hacen unos gestos, me recuerdo de aquel texto que dice: "Médico cúrate a ti mismo", platicando con algunos me ofrecen una vez más que mi esposa me puede mandar fotos de la familia en la tablet, como siempre les contesto que no porque eso no es bueno, que nos hace más daño. Ya podemos bajar, al bajar me encontré con el hermano de Saúl, me ofreció un rosario, le pregunté: "¿Cuánto quieres por el rosario?", me dijo que ocho o cuatro sopas instantáneas, y cuatro chips; "Al rato te aviso", le dije, también me encontré con Don Luis, el señor que me habló de Amway, me prestó un libro que se llama: "*Liderazgo Espiritual*", me habló de los cambios de vida que debemos hacer, pero me dice que deben ser allá en nuestros países, no aquí porque aquí no tenemos papeles, yo creo que está bastante confundido, o será que el susto no le ha pasado, hay cambios de vida que debemos hacer, estoy totalmente de acuerdo, pero mejor juzgue usted.

Regresé a la celda y me encontré con otro nuevo inquilino, se llama Yobani, es de Guatemala de San Marcos, tiene 21 años, tiene dos deportaciones, que hace 3 años que regresó, no tiene hijos aquí, solo tiene dos hermanos aquí, y uno más que viene en camino, dice que él no les va a pelear nada, quiere irse, trabajaba en la pintura.

Ahora voy a hablar con el nuevo que vino anoche, ya me dijeron que es de Israel, y que habla español, ya se levantó, le estamos ofreciendo de lo poco que tenemos, pero dice que no puede comer cualquier cosa pues su fe se lo prohíbe, se ve muy triste, muy preocupado, se pregunta qué pasó, cómo pasó, y por qué pasó; le ayudamos a hablar por teléfono, habló por un largo rato en su idioma y terminó muy desconsolado. Me preocupa este amigo, ya lleva dos días de no comer, los compañeros le regalaron algunas cosas como leche en caja, galletas, le enseñamos dónde debe guardar esas cosas para después, le ofrecí un pan que tenía escondido, no lo quería pero le insistí y lo tomó, comió poco, tomó agua y se volvió a acostar (parece que el hambre lo va a obligar a pecar), nosotros ya almorzamos, el amigo nuevo Yobani ya comió, se bañó, luego se fue, hasta le aparecieron amigos aquí, incluso el cuñado es su amigo, dice Yobani que lo conoció en la iglesia "La Casa de mi Padre", en Lincoln Park.

Después de comer escuchamos algunos testimonios de ellos, muy tristes, de cómo está afectando a nuestras familias esta mala aventura, Francis (de Honduras), nos platica que a su esposa ya la corrieron de la casa donde vivía por no tener para pagar la renta, que ella está yendo a las iglesias a pedir comida para ella y su hijo; Rogelio (a ellos en su iglesia les prohíben guardar), nos cuenta que su esposa está sufriendo junto con sus tres hijos por la falta de su padre, así otros compañeros nos contaron sus problemas del hogar por la falta de papá. Yo les ofrecí a ellos que yo vivo en Lincoln Park, que mi casa es muy grande, si alguna de sus esposas quiere venir a vivir con mi esposa será bienvenida, no les cobraremos nada, Francis me dijo que va a hablar con su esposa, si ella acepta que se mudará con su hijo a nuestra casa.

Nos hablan por el altavoz, nos dicen que debemos hacer limpieza de emergencia pues viene ICE a revisar las celdas, las cuales deben estar limpias, pasamos largo rato haciendo el aseo, después escuché la conversación entre de Gregorio, Patrick, y el de Israel, se preguntan y se comentan del por qué están aquí si los tres tienen su visa buena, no están vencidas, entonces: ¿qué pasó?, y los tres llegan a la misma conclusión; mientras nosotros aparte hablamos de las pupusas, de tamales, de tacos, pues todos me dicen que cuando salgan de aquí van a ir a mi casa a comer pupusas. Luego hablamos de los hijos, de cómo jugamos con ellos, y así en puras rutinas se nos acabó el día.

Amanece el nuevo día, segundo domingo que paso aquí, son las 6:30, ya desayunamos, cuento los días y las horas por llegar a mi casa y darle un fuerte abrazo a mi esposa, a mis dos hijos a quienes tanto amo y extraño. Después del desayuno Yobani me cuenta cuando estuvo en un centro de menores (reclusorio) en Carolina del Norte, como los jóvenes hacen sus berrinches y los enormes esfuerzos que hacen los guardias por detenerlos, también me cuenta que le urge irse para Guatemala, quiere estar allá antes del 7 de marzo porque ese día cumple tres años su hija, él no la conoce, dice que su mamá es de Guatemala y su papá es de México, Dios ha hecho muchos milagros en su vida, por ello, ha decidido seguirlo al salir de aquí, yo le aconsejo que vaya a la iglesia, que no importa a la que quiera ir, lo importante es que vaya.

Nos preparamos para el almuerzo; el muchacho de Israel comió poquito, no fui el único que lo animaba a comer. Después del almuerzo hacemos limpieza general de la celda, todos a hacer su parte; enseguida de la limpieza nos encierran porque va a empezar el culto. Ya empezó el culto, desde las celdas solo miramos por las ventanas, terminó el culto; minutos después a Francis le da por llorar, todos fuimos a darle ánimo.

Ya podemos bajar, intentaré hablar con Javier (el Gallo), es quien organiza los estudios bíblicos; vino y le pregunté por su familia, agachó su cara y me dijo: "¿De verdad quiere escuchar sobre mi familia?". "Sí, por favor", me dice que su familia está pasando extrema pobreza aquí en Detroit, tiene 4 hijos, tiene uno que es especial, su esposa va a las iglesias a pedir comida para sus hijos porque con su trabajo no le alcanza, efectivamente eso se lo creo porque don Julio ya me lo había dicho, dice que su esposa (de don julio) y otras madres le están ayudando mucho, dice que cuando le llevan la despensa las niñas corren a buscar en las bolsas el cereal y la leche para empezar a comer, me imagino que esas madres se echan a llorar cuando ven esos gestos, bueno, les cuento esto para que sepan el sufrimiento que tenemos algunas familias aquí en Detroit Mi.

Me contó Sergio que ya tiene de estar aquí seis meses, dice que no tiene delitos graves, pero que aplicó por asilo, pero por lo menos va a estar aquí por otros cuatro meces, me pide que, si salgo de aquí, que por favor vaya a visitar a su familia, para que le ayude en lo que pueda, mientras me cuenta estas cosas llora, a mí también se me escapan algunas lágrimas, le prometí que lo haría. También me comentó que su padre tiene cáncer, ya está en una etapa terminal, que no tiene cura, que tal parece que no lo volverá a ver, que su familia en México es muy pobre, con la enfermedad de su padre se les ha complicado más la situación.

Regresé a la celda, me encontré con el de Israel, se sentó conmigo, quiere hablar, su nombre es Almog, me cuenta que su esposa es de México, dice que no puede comer cualquier cosa, por eso fue donde el guardia para quejarse de la comida, que para la cena le van a traer: una chuleta de pollo, ensalada, té verde, wooo, que envidia, nosotros no podemos ni siquiera acercarnos al guardia, mi amigo Almog me escribió una pequeña historia de él, pero está en inglés, me dice que no puede escribir en español, solo hablarlo, ahora quiero copiar el escrito que me hizo mi amigo Almog: *"My name is Almog, I am from Israel. One year ago, arrived in the USA, got married with the love of my life and now I am here in jail because I was listening to my lawyers advise. The good thing about this situation is that I had the chance to meet amazing, and kind people. God please be with me. I am your son, help me to get this thru, tell my mother not to be worried and stressed. Everything will be ok. I know it will"*.

Son las 5:27 p. m., ya cenamos, escribimos y ahora estamos escuchando una gran plática sobre Jesús (el Hijo de Dios), entre Patrick, Gregorio, y Almog, pero somos más los metiches que estamos solo escuchando, como no entendemos mucho inglés solo decimos que sí. Pero al final de la plática Almog nos dijo en español algunas cosas de las que habían hablado, por ejemplo: que su abuelo le decía que ellos son de la familia de Jesús, pero que ellos no creen en Él, que solo creen en el Padre, también hablaron del Sagrado Corán, de la Biblia, etc., luego se fue y se acostó (me parece que este muchacho ya nació cansado, solo quiere dormir), bajamos y conocí a un amigo que se llama Martín, es de Arandas, Jalisco, trabajaba para un restaurante, tiene 41 años, lo único que quiere es irse a México pues ya hace mucho que no ve a su madre, vive solo con su hermano, me cuenta que su madre ya está muy viejita y tiene miedo de no volver a verla como le pasó con su padre, dice que desde que entró el Presidente Donald Trump sabía que esto iba a pasar, empezó a enviar sus cosas poco a poco, me dice que en donde trabajaba los trataban muy mal, que son de los chinos y que los hacen comer de lo que sobra; me dice que su hermano se quedó trabajando en el mismo restaurante pues trabajaban juntos, su mayor miedo es que su madre muera antes que él pueda llegar a verla. Me dijo que volveremos a hablar, se fue a su celda, yo también regresaré a la celda que me tocó, me quedé en la mesa de siempre; viene el guardia a hacer su rutina, después hacemos el rosario y buenas noches.

Son las 6:17 a. m., ya desayunamos, después uno a uno se vuelven a acostar, Juan se quedó conmigo, empieza a contarme que es de México, es padre de dos lindos hijos, es el único sostén de la casa, es uno de los que casi no comen, yo le pido que por favor coma pero no lo hace, siempre está regalando la comida, solo come algunos chips o un vasito de leche, se la pasa solo durmiendo, tiene una cara que no se imaginan, pero no está enojado, solo está triste y decepcionado, dice: "Pensaba que tenía amigos, pero hoy que los necesito me dieron la espalda, mi esposa los ha molestado pidiéndoles favores, pero le dieron la espalda cuando mi familia está pasando muchas dificultades", así reniega de sus amigos, al cabo de un rato se regresó a su cama.

Hoy me quedé solo, mi amigo Gregorio parece que se durmió, son las 7:06, ya es hora de hacer la limpieza, ahora le toca al último cuarto, ahí solo está mi amigo Fred y el señor moreno que huele mal; viene Fred, le voy a ayudar, se levanta Gregorio, nos va a ayudar, dice que le hablará al moreno, no lo logró, el moreno no quiso levantarse, luego se levantó Francis para ayudarnos, ya terminamos; un rato después Francis toma el teléfono, le habla a su hijo de apenas unos meses, se me parte el corazón al oír las cosas que le dice, muy rápido mi mente va hacia mi casa, anoche que hablé con mi esposa me dice que mi hijo menor no quiere comer ni dormir, que cuando le dan comida dice que no va a comer hasta que venga su papá, dice: "Yo quiero dormir con mi papá", y mi pobre esposa con tanta presión, no sé cómo le está haciendo, pero sé que lo logrará, me alegro cuando pienso que uno de estos días dejaré este lugar, pienso que uno o dos días más y me voy a mi casa con mis hijos a quien tanto amo y extraño, le doy gracias a Dios por la oportunidad que me dio de estar en este lugar, conocer a estas lindas personas que me han tratado como un rey, me ha permitido hacer nuevas amistades, una nueva aventura, y más conocimiento en el proceso, la oportunidad de poder arreglar mi estatus migratorio, pronto podré viajar a El Salvador a visitar a mis hermanos y sobrinos, pero sobre todo las tumbas de mis padres, que en paz descansen, los cuales no volví a ver pues no podía viajar.

Escribo esta parte con tanta confianza porque mi esposa me dijo anoche que hoy pagan mi fianza, muy pronto podré salir de aquí. Quiero terminar de escribir este capítulo en mi casa porque me gustaría contarles las heridas que dejó esta horrible pesadilla en mí y en mi familia, me gustaría que cuando llegue, alguien pueda documentar ese momento para tenerlo como un recuerdo y me sirva de algo para mi libro.

También quiero contarles que tengo mucha caspa, tengo muy sucia la cabeza pues no tengo shampoo, el que tengo me lo regaló un amigo que se fue, de ese shampoo les regalo a los demás, lo que pasa es que cuando se está acabando le echamos más agua, creo que ya le echamos muchas veces agua, el shampoo que dan no sirve, si compramos es muy caro, lo mismo pasa con el jabón que nos dan, no sirve, todo los cepillos dentales que nos dan son muy duros, parecen de alambre, hasta te sangran las encías.

Bajamos un rato, caminé con ellos un poco, pero ya me estaba mareando y mejor me senté. Me detengo a mirar por las ventanas con la intención de mirar aunque sea un poco allá afuera, sí se ve un pedacito de cielo, y mi corazón quisiera convertirse en una paloma y salir volando, llegar hasta donde están mis pedacitos de cielo y mi esposa a quiénes tanto amo y extraño. Debemos regresar a nuestras celdas, ya va a ser hora del almuerzo, todos se van, mi amigo Bama se me acerca, me dice que me puedo quedar solo si me estoy en un solo puesto escribiendo, que así no hay problema, me quedé un ratito más y nos fuimos a almorzar, después de la comida llamé a mi esposa, me dice que tenemos problemas con la fianza del cuñado, que él se quedará uno o dos días más, pero que mi fianza ya la están pagando, me siento a mi mesa y pronto veo que llegan varios guardias, en sus camisas dicen: ICE, empiezan a revisar celda por celda, sacan a los reos de su celda, los llevan a un cuarto y empiezan a mover todo, a revisar cosa por cosa, van dejando todo patas arriba, como buscar la aguja en el pajar, al último nos tocó a nosotros, cuando salimos en línea uno por uno nos iban registrando, que no llevemos nada, la comida que teníamos guardada la botaron, regresamos a la celda, encontramos todo en desorden, bueno, tenemos mucho que hacer, ordenamos un poco y nos vamos para abajo, todos comentando qué sería lo que ellos buscaban, algunos dicen que un espejo, y otros que un cuchillo, otros dicen que buscaban drogas.

Me senté y por la ventana apenas veo que cae nieve, me llega la melancolía y las ganas de estar jugando con mis hijos en la nieve, correteándolos y tirándoles nieve, verlos con sus chamarras, Dios que tristeza; veo a algunos con sus libretitas como locos haciendo sus cuentas de cuándo saldrán de aquí, al escribir estas letras me siento muy melancólico, no quiero llorar aquí, creo que lo mejor es irme a la celda. Me vine, creo que caminar me hizo bien, ya me siento mejor, les cuento que por la mañana hablé con mi amigo Fred, me dijo que su familia está muy bien, que sus nietos preguntan por él, dice que está aquí porque estaba manejando borracho.

Descansé un rato, bajé de nuevo y conocí a don Elías, llegó anoche, es de Venezuela y tiene familia allá, me dice que vino aquí con visa, pero se la suspendieron cuando lo pillaron trabajando, tiene 5 meses de haber llegado. Debemos volver a la celda, ya es hora de la cena, cenamos y seguimos aquí, muy pronto se siente la presión, el muchacho moreno parece que quiere problemas, no sé con quién, solo veo que se pasea por su cama diciendo groserías, se queja con el señor que huele mal, todos los demás lo ignoramos. Llegan para cambiar la ropa de cama y las toallas, también viene el guardia a su rutina. Enseguida nos pusimos a rezar el rosario; les aseguro que nunca había deseado que el tiempo pasara tan rápido como hoy que estoy aquí. Buenas noches.

Son las 6:28 a. m., ya desayunamos, seguimos aquí en esta lucha sin cuartel. Empiezo a contar las horas, los minutos por llegar a casa con los que tanto amo y extraño. Uno a uno regresan a sus camas, yo me quedo aquí, cuando llega la hora les hablo, pero hoy nos toca a nosotros la limpieza de la celda. Aquí prácticamente no hay visitas, si alguien viene debe ser por videollamada, aunque según dicen que en la pantalla no se ve nada, solo se oye, si esta no es una prisión de máxima seguridad, ¿por qué tanta complicación?; todos regresan a sus camas excepto mi amigo Fred que se está alistando para ir a la corte, comenta que está muy nervioso, que ese lugar le da miedo, nos juntamos algunos que estamos despiertos y a otros que los despertamos, nos arrodillamos a orar por mi amigo Fred, después de la oración nos abraza uno a uno y dice que él sintió la presencia de Dios en ese momento, ahora se siente confiado, y mucho mejor.

Llamé a mi esposa, me da la noticia que nos vamos hasta mañana los dos, yo digo está bien, un día más, aunque que hubiera dado un ojo de la cara por irme, pues hoy es el cumpleaños de mi hijo Michael y es muy especial... no estaré en su cumpleaños.

Los lunes aquí es un buen día pues viene la despensa, bueno, para los que compraron, pero ellos son buenos, ellos comparten con los demás, para otros hoy es día de pago, sí, de pago, deben pagar lo que perdieron en el juego, o sea, compraron para otros, el problema es de jueves a domingo, pues es el tiempo que se acaba la despensa, en esos días casi nadie regala nada, el que tiene lo cuida y el que no tiene simplemente está aquí; hoy que vino la despensa, Yobani me contó que él compró una libreta y unos lápices, y me dio las gracias por motivarlo a escribir, me sentí bien conmigo mismo, también el chino hizo lo mismo, me alegro de haber sido la inspiración de otros. Bajé, ahora estoy con Saúl, le pido que me hable del hoyo, me dice que la última vez que lo llevaron allí, fue porque armó una revuelta, porque un moreno lo amenazo y él no aguantó más, lo dejó casi muerto, el guardia lo quería castigar por un mes, pero él le dijo que se fueran a corte, que solo le aceptaba tres semanas, al fin el guardia aceptó, dice que es un cuartito donde solo hay una cama y el baño, solo los sacan una vez por día una hora, en ese tiempo debes bañarte, hablar por teléfono, y el castigo mínimo es de 24 horas.

Por momentos este recinto me parece un cuartel, veo diferentes grupos haciendo ejercicio a toda hora y por todos lados.

Por momentos me parece una iglesia, veo diferentes grupos haciendo oración todo el tiempo y por todos lados.

Por momentos me parece un manicomio, pues se ven muchas cosas que no son normales.

Por momentos me parece un hospital, veo muchos enfermos de incomprensión, sedientos de justicia, hambrientos de paz, etc.

Por momentos me parece un cementerio, muchos vivos que ya están muertos y muchos muertos que necesitan revivir.

Por momentos me parece una escuela, pues yo he aprendido mucho, como algunos más.

Pero en realidad es una prisión.

3:15 p. m., me entristece cuando me cuentan que los tienen en prisión por reingreso al país, si la persona fue a su país fue porque quería ver de nuevo a su familia, si decidió regresar aquí fue porque aquí también tiene familia, la extrañaba, tanto la de aquí como la de allá, no entiendo estos delitos inventados, con excusas baratas.

Cuando yo era niño me enseñaron el mandamiento de no matarás, pero, ¿qué hay de los que matan sueños, esperanzas, ilusiones, inspiraciones, la fe, etc.?, ¿quién les dice algo?, matan todo eso y mucho más, el problema mayor es que, cuando matas algo nace algo, por ejemplo: si a un árbol le cortamos una rama con el tiempo vuelve a retoñar, o sea, vuelve a nacer. Si a un niño le matamos un sueño, algo vuelve a nacer, pero lo que nace es todo lo contrario, ahora imaginémonos que a los niños les estamos cortando todo lo bueno que ellos tienen, ¿qué será lo que en ellos nacerá? Ejemplo: mi hijo mayor solo tiene 10 años, nació aquí, ama este país, estudia y es muy bueno aquí, hay muchas cosas que pudiera agregar y no porque es mi hijo, sino que se ha ganado ese concepto, pero después de esto, ¿seguirá creyendo en este país?, ahora peguntémonos: ¿cuántos niños de ambos sexos pasan por esta experiencia?, serán 1, 2 o 3 millones. Solo hablo que yo solo estaré aquí poco tiempo, unas semanas, ahora si habláramos de aquellos que pasan meses y años aquí y al final son deportados, imaginémonos esto y más, ¿qué llevarán esos niños?, no me mal interpreten no es una amenaza, a pesar que estos niños pueden llevar este mal hasta su madurez y querer pasar la factura, solo quiero hacer conciencia del daño tan grande que le estamos haciendo a la humanidad, si es que algo nos queda de ella, pues allí radica el problema, que perdimos lo humano que alguna vez fuimos y esa fue nuestra mayor pérdida.

Con todo esto, nos siguen diciendo que los niños son el futuro de este mundo, ¿entonces qué futuro estamos forjando?, si todo lo que sembramos en ellos es: odio, rencor, ira, etc.

Ahora usan una forma de seleccionarnos, todos traemos una pulsera con el número de extranjero, tu nombre, la fecha de nacimiento, y el color, y ahí radica otro problema, el color, dime de qué color eres y así te trataré.

Hoy conocí a otro amigo, se llama Mohamed, es de un país que se llama: Yemen, me cuenta que está totalmente de acuerdo con las políticas anti–inmigrante del presidente Trump, que está haciendo lo correcto pues todos debemos venir aquí con visa, tiene quince años aquí y diez en la cárcel, me cuenta que no tiene amigos, porque piensan que es "terrorista", yo mejor me voy para mi celda.

Son las 5:35 p. m., "hoy miré llorar un hombre", cuando llegué a la celda noté que la celda estaba vacía, sin saberlo y sin quererlo, miré a mi amigo: Gregorio (es de Polonia) que estaba sentado en su cama con la Tablet en su pecho y derramando lágrimas, él volteó la Tablet para mí, ahí estaban su esposa y sus hijas, con lágrimas en sus ojos se volvió a acostar y se arropó de pies a cabeza, creo que para seguir llorando. Me queda claro el por qué se queda todo el día acostado y muy arropado, a veces hasta se enojan con él por hacer eso, hasta que se le descarga y la deben llevar a cargar, él es un hombre fuerte, alto, gordo, o sea se ve un hombre corpulento, porque cuando le preguntan quién tiene la Tablet, él contesta: "Yo", y todo bien, no hay problema, pero si fuera otro uuuh le dicen de groserías.

Regresé a bajo y conocí a un nuevo amigo, se llama Adán, es americano blanco, me dijo lo siguiente: "Yo estoy aquí por motivos de drogas, mi esposa es americana también, tengo dos hijos con ella; yo no entiendo qué hacen ustedes aquí, por qué los encierran, si ustedes son muy trabajadores, muy luchadores, muy buenos, son los que sacan adelante nuestro país, por qué detenerlos, si somos nosotros los que deberíamos de estar aquí (los americanos), porque no queremos trabajar, solo queremos mantener nuestros vicios sin trabajar, América es grande por su valiosa y barata mano de obra que ustedes traen", y mientras me decía estas cosas se miraba enojado. Yo le di las gracias y me regresé a mi celda. Son las 7:19 p. m., ya cenamos, vino el guardia a su chequeo de rutina, nos contó y todo está en orden.

Hoy es el cumpleaños de mi Michael, daría lo que fuera por estar con él, poder cantar con él, y por supuesto partir el pastel, mi hijo es un niño especial pues le da por regalar abrazos, tiene autismo. Al escribir estas letras me pongo muy melancólico.

Yo no entendía porque el amigo Almog (de Israel) se baña tres o cuatro veces al día, pone el agua se agacha y se pone a llorar, cuando sale de la ducha él viene con los ojos rojos, pero no es por la ducha, lloró y nadie se da cuenta; también al amigo Francis (de Honduras), muchas veces lo hemos ido a consolar, a darle ánimo, argumenta que es por su bebé de tan solo 4 meses de nacido, lo que más siente es que su csposa también tiene deportación, si ella también cae, el niño... ¿con quién se quedará?

Son las 9:58 p. m., vienen entrando tres nuevos inquilinos (aquí a nuestra celda), uno blanco americano y dos hispanos, ya les están enseñando a cómo tender su cama (aquí no perdemos el tiempo), empiezo a hablar con Ronal, es de Jalisco Cerro Gordo, vive en una ciudad que se llama: Macomb, tiene cuatro hijos, el quinto que nacerá en una semana, él no tiene mal récord, dice que nunca va a la iglesia, se siente muy preocupado y muy asustado. Luego hablé con don José, es de Guerrero, México, aquí vive en una ciudad que se llama Clinton City, no tiene hijos aquí, lo agarraron camino a su trabajo, nunca había pasado por esto, pero dice que su hermano con quien vive, ya le puso abogado; minutos después llegaron cinco hispanos más, para las otras celdas. Primero Dios, mañana será otro día para ir a hablar con ellos, buenas noches.

Son las 6:20 a. m., ya desayunamos, seguimos en la espera de lo que Dios quiera para nosotros y lo que nuestras familias puedan hacer, nosotros estamos de brazos cruzados, no podemos hacer nada. Uno a uno los compañeros regresan a sus camas, solo nos quedamos Gregorio y yo, él leyendo y yo escribiendo, hay un silencio extremo, solo se escuchan algunos ronquidos y sonidos extraños con olores como a zorrillo.

Aquí he visto: risas con sabor amargo,
personas que ríen por no llorar,
personas que ríen por fuera y lloran por dentro,
personas que imploran ser escuchadas,
personas sedientas de justicia...

Me paro junto a la ventana en el silencio de la mañana, sintiéndome un Romeo sin su Julieta y preguntándome: "¿Cuándo llegarás mi Julieta de mi alma?, a quién tanto amo y extraño con toda el alma", y no puedo de dejar de mencionar a mis "Julietitos" del alma, que son pequeños trozos de mi corazón, siempre estarán conmigo en mi corazón, hasta la muerte.

Ya son las 10:15 a. m., venimos del doctor, de un chequeo de rutina, el guardia que nos custodiaba nos escuchó hablar en español y nos dijo que aquí era prohibido hablar en español, que si no hablábamos inglés que mejor no habláramos para evitarnos problemas; el doctor siempre que voy me dice que estoy muy bien, que es solo rutina, la vez anterior quien me atendió fue una doctora; tomó un cuestionario, me empezó a preguntar, al final me dijo: "¿Qué haces aquí?", le dije: "No sé", ella me contestó: "Vete de aquí", creo que se enojó.

De lo que no les he hablado es del frío que está aquí, esta semana estaba tan frío que algunos dejamos cajitas de leche junto a la pared por la noche, para entre comidas, estas se congelaron, y tuvimos que botarlas.

Bueno, en esta ala de la cárcel hay cuatro celdas y los reos los clasifico así:
70 por ciento somos hispanos.
20 por ciento del medio oriente.
10 por ciento americanos.
Esto es según la sección donde estoy.

Haré una pausa, llamé a mi esposa, me dice que ya vienen por mí, que el cuñado se quedará una noche más, debo preparar mis cosas, allá seguimos...

Son las 7:41 a. m., fue muy grande la pausa, ahora escribo desde mi casa. Ayer fueron por mí el hermano Lito y su esposa, como el hermano Lito tenía que ir a trabajar me trajo hasta la Iglesia Holy Redeemer, allí fue mi esposa a traerme, ahí estaba esa mujer maravillosa que Dios me dio, a quién tanto amo, les dimos la magnífica sorpresa a nuestros hijos, wooo, los abracé una y otra vez, cuanta melancolía, hasta parece un milagro, estoy en casa, les dije a mis hijos y a mi esposa cuánto los extrañé, cuánto los amo, allí estaba mi hermano Pablo con su esposa, lloramos, oramos dando gracias a Dios por concederme estar de nuevo en casa, aquí están mis razones de ser, fueron las dos semanas más largas de mi vida; partimos el pastel, me cuentan que el cumpleaños de mi Michael fue un día antes, que le iban a partir el pastel ese día, pero que el niño les dijo que si su padre no estaba, no quería nada, entonces decidieron esperarme; después de comer pastel empecé a vomitar, tal parece que no duró mucho la fiesta, me di una ducha, me lavaron la cabeza y me acosté, pero no me podía dormir, seguía con vómito, empecé a enfermar, mi hijo el mayor lloraba por mí, me preguntaba qué me habían hecho, yo le decía que nada, mi hijo Michael solo quería dormir conmigo, ahora muy de mañana mis dos hijos estaban en mi cama diciendo: "Si es verdad, mi papi está aquí, no fue un sueño, él está aquí", se me aventaron encima, una vez más dimos gracias a Dios, luego no querían ir a la escuela porque decían que yo me podía ir, me costó mucho convencerlos que debían ir a la escuela, pero una vez más lo logré, fueron a la escuela, el más grande me hizo prometerle que cuando él regresara yo estaría aquí. Esta mañana a las 8:15 debo estar en la oficina de ICE para entregarles mi pasaporte, después de hacer ese trámite debemos ir hasta donde está el cuñado para traerlo, pues ayer tuvieron problemas con el cheque y lo rebotaron.

Quiero hablarles de las pulseras, cada prisionero tiene la suya, son tres de diferentes colores: verde, azul y roja,

Los que traen la pulsera verde están allí por problemas de inmigración. Los que traen pulsera azul están allí por problemas de drogas. Los que traen pulsera roja están allí por asesinos.

Sobre el Autor

ROSABEL PACHECO (ABEL), NACIÓ EN el Cantón San Isidro Lempa jurisdicción de San Pablo Tacachico en el departamento de La Libertad, El Salvador, un 19 de marzo de 1972. Sus padres: doña Felicita Pacheco y don Pablo Castaneda; su madre trabajaba como partera (atendía los partos), su padre fue jornalero. Fue el sexto hijo de una familia de extrema pobreza, su infancia y parte de su adolescencia la dedicó a la Iglesia Católica del pueblo donde estudió Eclesiología, después de la guerra, vivían cuidando la escuela sin obtener nunca un pago por ello, su casa era de ocho laminas, cuatro paredes, una sola puerta, no tenía ventana y estaba ubicada en el predio de la escuela.

1944 48 22 MARY

PASSWORD FOR

WiFi

ACCOUNT NUMBER

FOR T.V, CABLE   10/15/21

852910193042614144

XFINITY

1-800-XFINITY

1-800-934-6489

EWIN
CHANNEL
CATHOLIC
#398

Guidebutton TWICE - #FREE TO ME

GUIDE FREE TO ME

DUE:
NOV, 6 21

717 - 9843 -RASHIDA

CPSIA information can be obtained
at www.ICGtesting.com
Printed in the USA
FSHW012204140920